CB062236

CRIMES EXEMPLARES

MAX

Crimes Exemplares

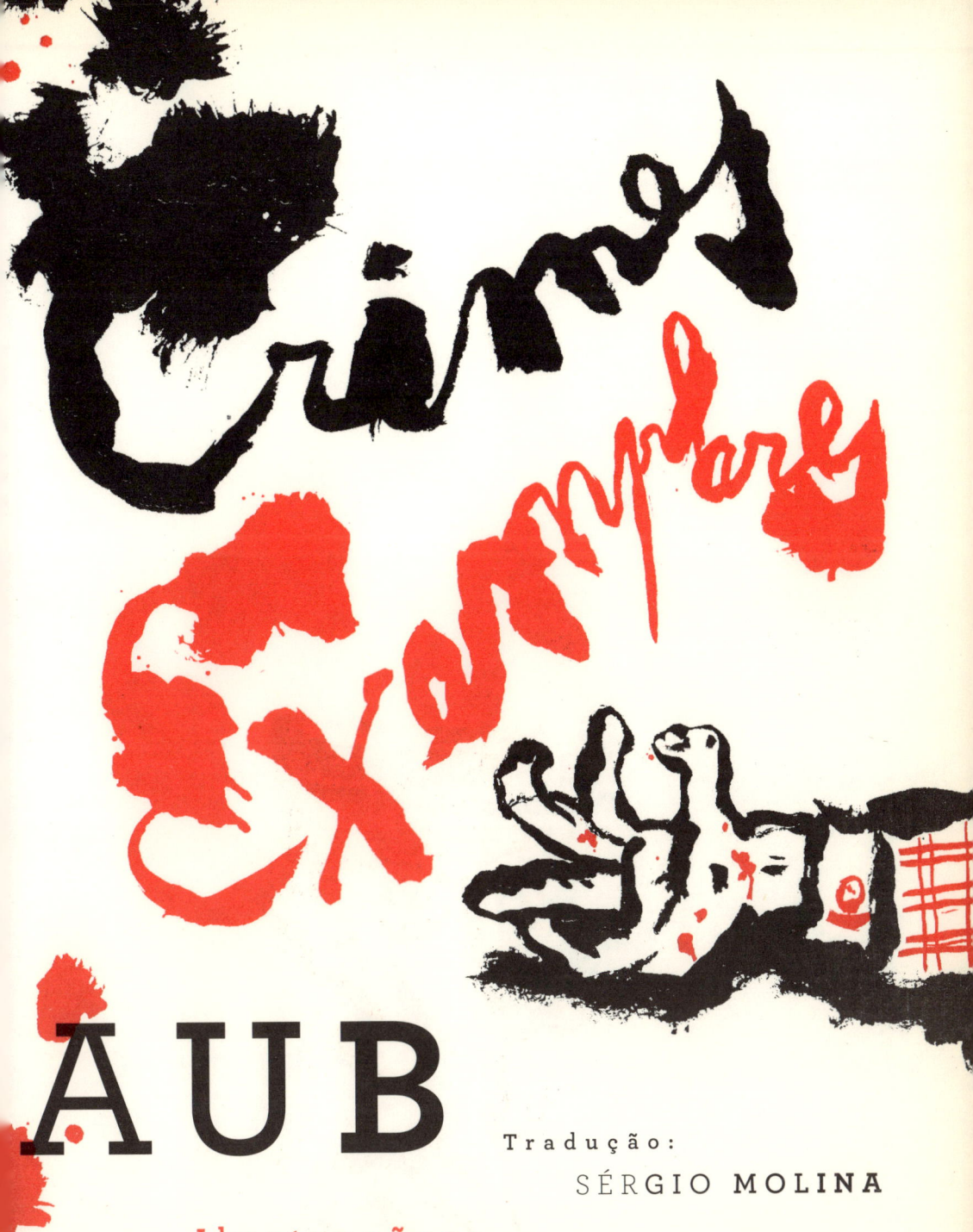

AUB

Tradução:
SÉRGIO MOLINA

Ilustrações:
LINIERS

livros da RAPOSA VERMELHA

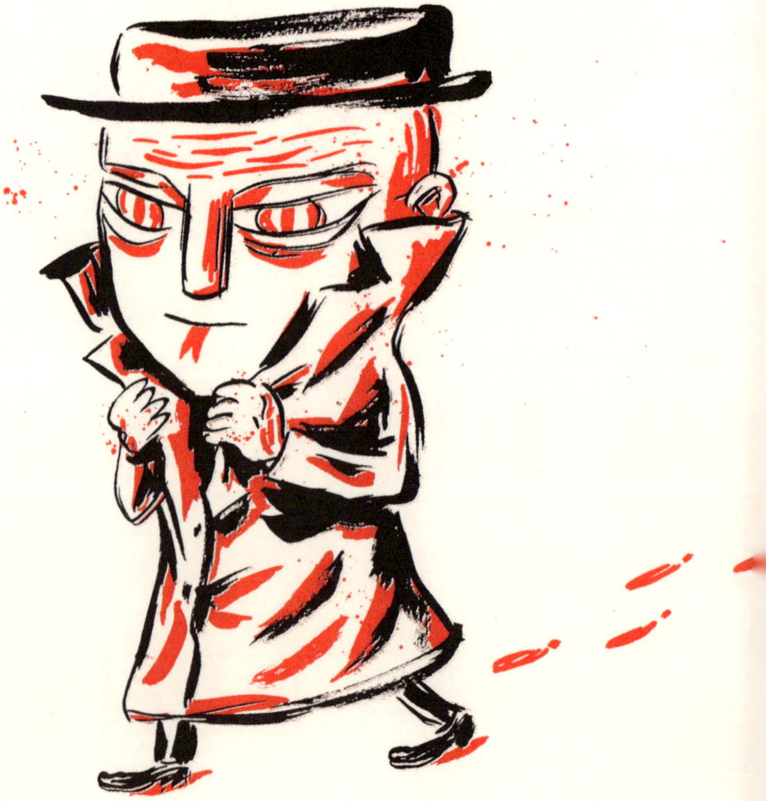

Sumário

7 ... Nota da edição

9 ... Confissão
11 ... Prólogo
15 ... Crimes
73 ... De suicídios
83 ... De gastronomia
85 ... Epitáfios

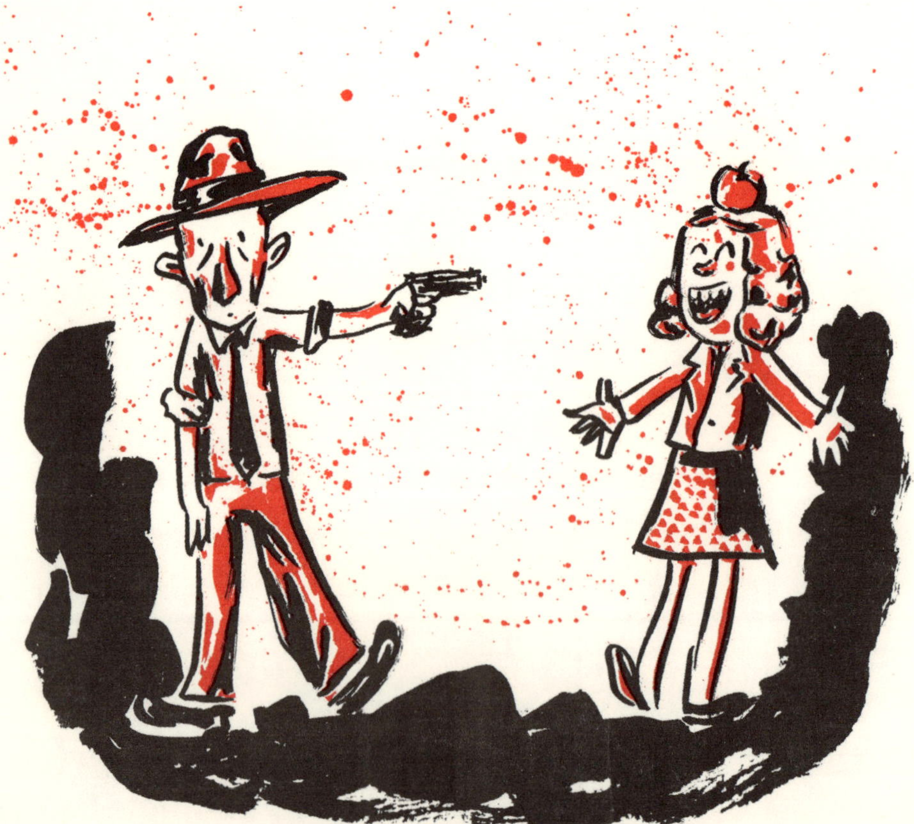

NOTA DA EDIÇÃO

Durante muitos anos, Max Aub foi escrevendo estes *Crimes exemplares* em cadernos e papéis avulsos. Seu caráter espontâneo e diacrônico, longe da rígida construção de um *corpus* único, mostra o modo lúdico como foram concebidos. O próprio Aub foi retirando e incluindo crimes, dando à obra um estilo flexível, e esse caminho seria seguido pelas sucessivas edições, tanto mexicanas como espanholas.

Esta edição ilustrada de *Crimes exemplares* traz ao corpo principal da obra alguns dos textos suprimidos na edição de 1968. Consideramos que a presença deles acrescenta matizes a este leque de argumentos sobre o mais inaceitável ato violento levado ao extremo: a aniquilação do outro mediante o crime. Os "Dois crimes barrocos" fazem parte desse acréscimo. Em seguida, foram mantidas as seções "De suicídios", "De gastronomia" e "Epitáfios". Escolhemos esta última para encerrar o livro pela terminante brevidade do seu conteúdo e pelo evidente valor de fecho que seu argumento oferece.

Quisemos com isso homenagear aquilo que permanece vivo nestes *Crimes*: sua escritura plena de liberdade, atentando a um fator essencial que pode ser rastreado nas palavras de Aub: "Sempre que pude, evitei a monotonia, que é outro crime."

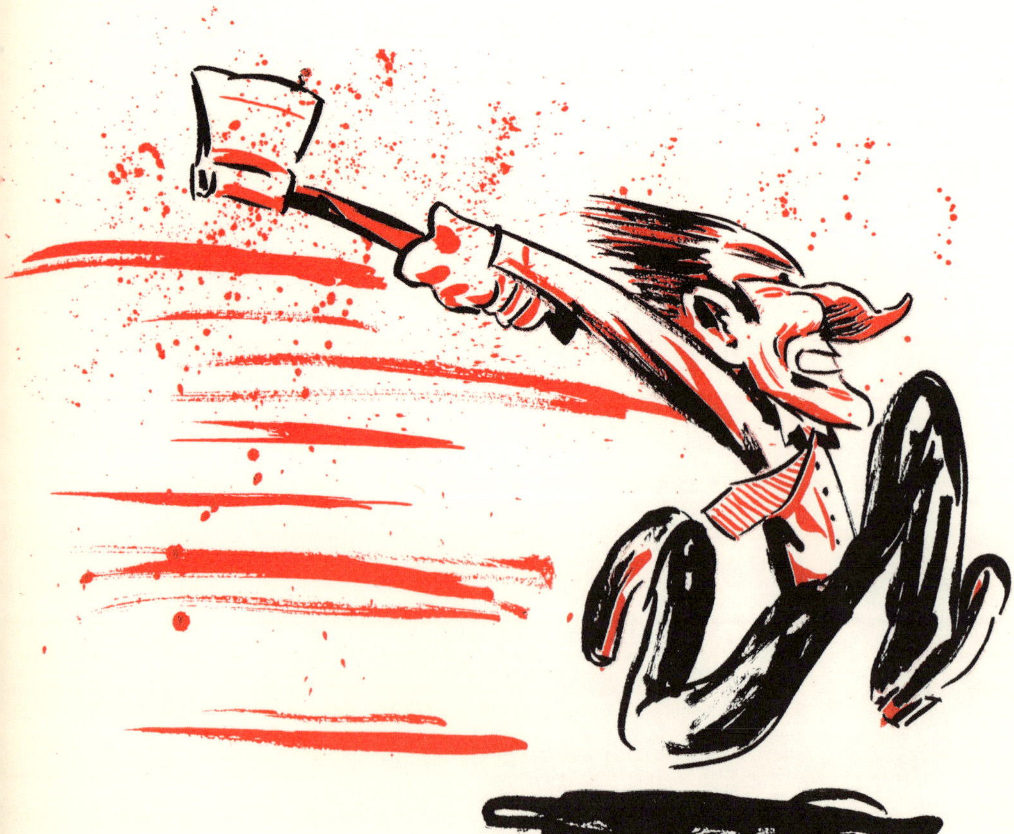

CONFISSÃO

Não existem tantos crimes como dizem, embora sobrem razões para cometê-los. Mas o homem — como se sabe — é naturalmente bom e não se atreve a tanto. Das reações dos meus mortos, nada digo, por ignorância. Bastaram-me — como autor — as de seus assassinos.

— Tomara que morra! — dizem de fulano num dado momento, por diversos motivos.

É por isso que o título traz, no adjetivo, antecedentes que ecoam no ouvido mais distraído e, no substantivo, o do meu primeiro drama, escrito aos dezoito anos. Por aí se revela meu sangue ruim. Outros antecedentes, ainda que plantados em zigue-zague, desfrutam de certa unidade: Quevedo, Gracián, Goya, Gómez de la Serna. *Disparates* fizeram os dois últimos. Reconheço a superioridade literária do pintor. Dos *Disparates* aos *Desastres da guerra* não há grande distância. As coisas mudaram um pouco desde meu primeiro *Crime*, mas nem aquele dramalhãozinho nem este libelo têm a ver com a política, e sim, talvez, com a poesia; e com isso me contradigo, tendo assegurado tantas vezes que as duas têm raiz comum. Quem sabe, inconscientemente, este seja um livro político, mas acho que não passa de uma homenagem à confraternidade e à filantropia, sem sair do limbo.

Declaro-me culpado e não quero ser perdoado. Estes textos — dou fé — não têm segundas intenções: puro sentimento.

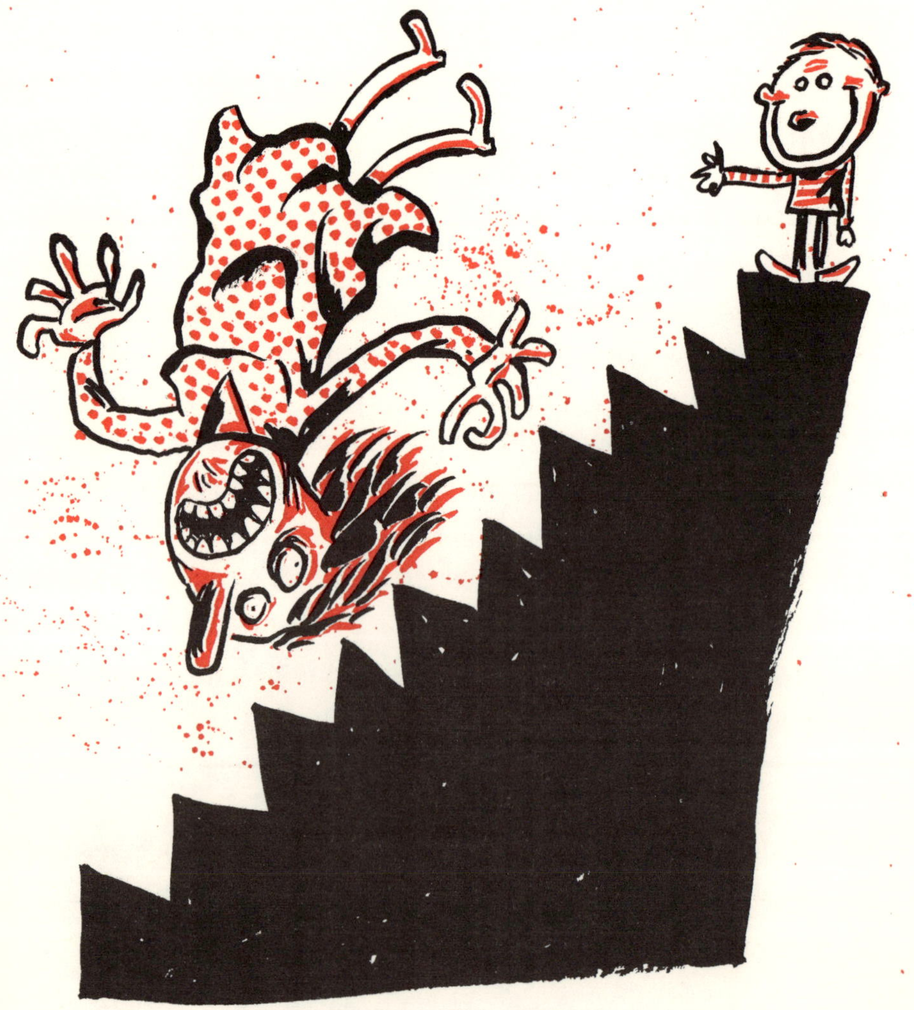

PRÓLOGO

Eis aqui material de primeira mão. Passou da boca ao papel raspando o ouvido. Confissões sem conta: de frente, de lado, diretas, sem outro desejo que não seja explicar o rompante. Recolhidas na Espanha, na França e no México, durante mais de vinte anos, eu não iria — agora — arrumá-las: recado da sua vulgaridade. Sem dúvida são tentativas de ficar de bem com Deus, fugindo do pecado. Os homens são como foram feitos, e querer responsabilizá-los por coisas que, de repente, os tiram de si é vaidade que não compartilho. Os anos me abriram à compreensão. Eles desembucham sinteticamente as razões nada obscuras que os levaram ao crime, só por se deixarem levar pelo sentimento. Ingenuamente, dizem — a meu ver — verdades.

Por outro lado, se parecem. Quem se espantará? Um siciliano, um albanês mata pelo mesmo motivo que um dinamarquês, um norueguês ou um guatemalteco. Só não digo que um norte-americano ou um russo para não ferir fortes suscetibilidades. Não fazem alarde, são o que são. Dão-se a conhecer com franqueza.

Reconheço que, para fazê-los falar sem preconceitos, recorremos — pois não o fiz sozinho — a certa droga, filha de uns cogumelos mexicanos, da serra de Oaxaca, para ser mais exato. Mas publico apenas o que me foi autorizado por quem podia fazê-lo. Não dou nomes, mas tenho todos. "O vinho dá força ao coração", reza um famoso romance espanhol; não só ao coração. O homem, às vezes, não chega sozinho aos seus limites.

Já conheci grandes escritores que, como animais, precisam de expedientes para chegar ao máximo e depois se esvaziar. Coisa que não acontece com pintores, engenheiros ou arquitetos. Se isso é superioridade, não sei. Ninguém reconhece suas falhas de bom grado. Quem não ergue os olhos a Deus?

Isto que se segue não passa de um murmúrio — pedestre, mas murmúrio. Murmúrio de água sobre musgo — como disse, em francês cantarolante, um empedernido pecador com música nas veias...

Talvez, como quase tudo, eu não devesse ter publicado estas confissões. Que acrescento com elas? Nada. E, quando não se acrescenta alguma coisa à história, não vale nada.

O homem do nosso tempo só considera fracassos. O último grande mito já vai caindo, não de velho, mas por sua potência. A grandeza humana só se mede por aquilo que podia ter sido. Não vamos a lugar algum; o grande ideal é, agora, a mediocridade, vencer os impulsos. Na suposta dignidade de castrar-se morreram muitos dos melhores. No seu submundo, estes humildes criminosos se explicam aqui sem sequer saber como; mas duvido que causem pena. Nisso são tão medíocres como nós, que não nos atrevemos a gritar no enorme processo do nosso tempo. Aceitamos por vontade própria aquilo que nos impõem, não questionamos, todos bem conformados. Como ganhar a queda de braço com o destino? Evidentemente, emprego um tom absurdo para apresentar esses exemplos. Não tenho fôlego para oferecê-los ao rés do chão, e a retórica tem isso de bom: muleta e muletas. Quem hoje não perdeu as asas? Acovardados até os virtuosos, os que não se vangloriam, para que vieram, então? Nunca estivemos tão perto da terra. Logo nos tragará sem deixar rastro. Não culpemos ninguém, a lavoura está perdida, talvez por causa do mau tempo.

O sal da sabedoria não desperta o riso, exceto nos sábios, que mordem o próprio rabo depois de merendar os filhos. O que lavramos? O que aramos? Resta apenas o jogo, que depende do acaso. Há quem, feliz, nunca se canse de jogar. Eu me canso, sim. Também estes que aqui confessam: o míope, o da vista cansada.

México, 1956

P. S.: — Ao contrário do que se possa supor, só duas confissões saíram da boca de alienados. Em geral, os loucos foram decepcionantes.

Os textos não estão ordenados nem por assunto nem por país, embora, às vezes, para facilidade do leitor, sejam apresentados em série. Sempre que pude, evitei a monotonia, que é outro crime.

Acrescento um bocado, outros ficam perdidos em cem cadernos que não vale a pena folhear com atenção; seria muita perda de tempo por tão pouco (1968)[1].

---

[1] Apenas este último parágrafo — não o pós-escrito inteiro — foi acrescentado em 1968.

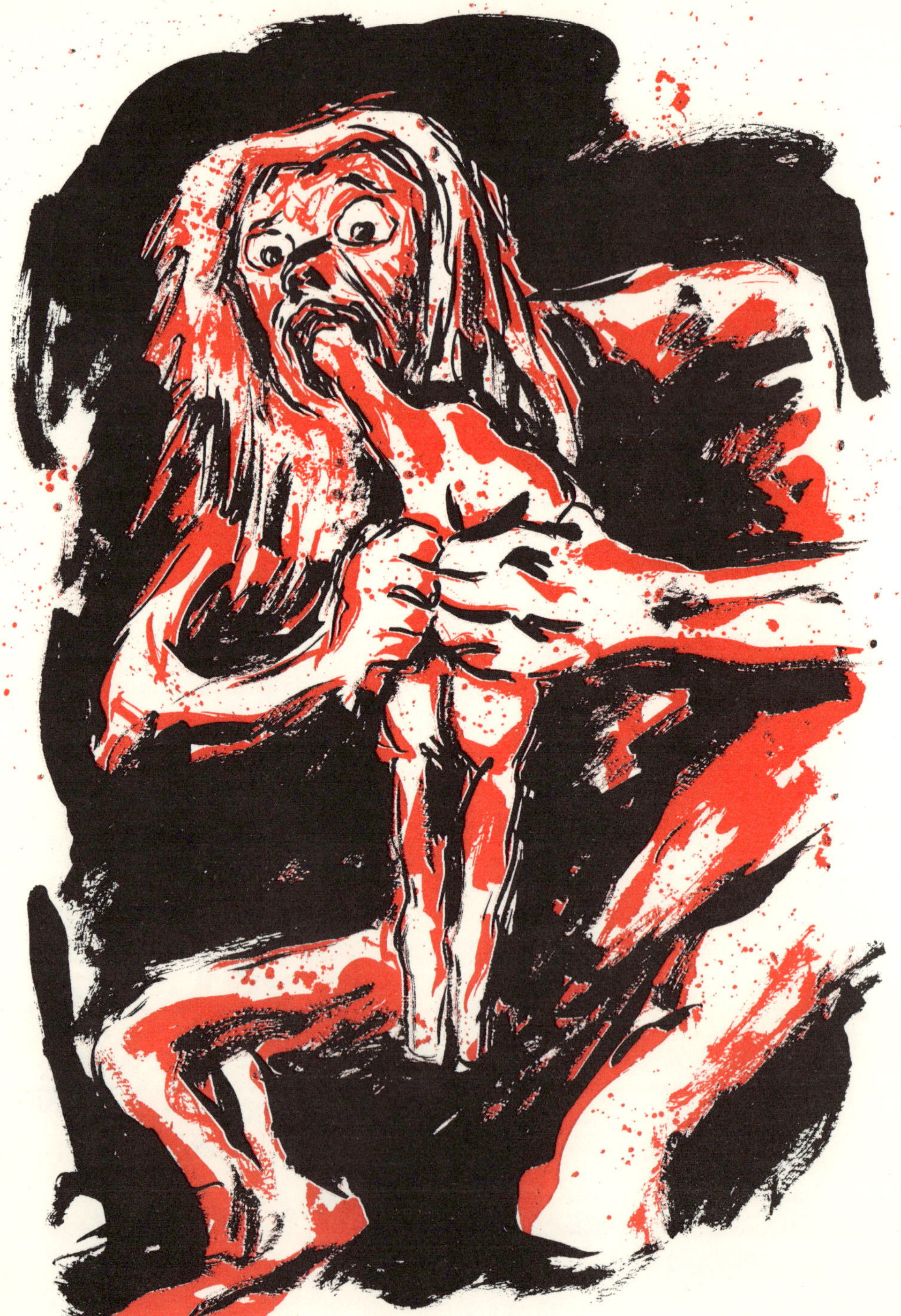

CRIMES

— Não fiz de propósito.

Eu também não. Foi tudo o que ela conseguiu repetir, na frente dos cacos. E era o vaso da minha santa mãe, que Deus a tenha! Fiz aquela imbecil em pedaços. Juro que não pensei, nem por um instante, na Lei de Talião. Foi mais forte que eu.

———

Eu o matei porque falava mal do Juan Álvarez, que é meu amigo, e porque sei que era uma grande mentira.

———

Eu o matei porque era de Vinaroz.

———

— Antes morta! — ela me disse. E eu só quis lhe fazer o gosto!

———

É tão simples: Deus é a criação, é aquilo que nasce a todo momento, o que permanece, e também o que morre. Deus é a vida, o que fica, a energia e também a morte, que é força, e continuação, e continuidade. Cristãos, esses que duvidam da palavra do seu Deus? Cristãos, esses que temem a morte quando lhes prometem a ressurreição? É melhor acabar com eles logo de uma vez. Que não fique rastro de crentes tão miseráveis! Envenenam o ar. Quem teme morrer não merece viver. Quem teme a morte não tem fé. Que todos aprendam, de uma vez por todas, que o outro mundo existe! Só Alá é grande!

Palitava os dentes como se não soubesse fazer outra coisa na vida. Deixava o palito ao lado do prato para, assim que parasse de mastigar, recomeçar a escavação. Horas e horas, de cima para baixo, de baixo para cima, da direita para a esquerda, da esquerda para a direita, de frente para trás e de trás para frente. Levantando o lábio superior, leporinando-se, arreganhando os incisivos — um a um — amarelados; empurrando o inferior até a gengiva carcomida: chegou a sangrar; só um pouco. Fiz da espinheira baioneta e a enterrei na goela dele com mão e tudo!
Engasgou até o Juízo Final. Não tenho medo de ver a cara dele nesse dia... Quem faz uma grosseria, merece duas.

Sou barbeiro. Essas coisas acontecem. Posso até dizer que sou um bom barbeiro. Cada um tem sua mania. Eu não suporto espinhas.
Foi assim: comecei a barbear tranquilamente, ensaboei com jeito, amolei minha navalha na cinta e depois suavizei o gume na palma da mão. Eu sou um bom barbeiro! Nunca esfolei ninguém! Além do mais, aquele homem não tinha barba muito cerrada. Mas tinha espinhas. Reconheço que aqueles carocinhos não tinham nada de especial. Mas me incomodam, me deixam nervoso, me fazem ferver o sangue. Passei pela primeira sem grande dano; a segunda sangrou na base. Aí não sei o que me deu, mas acho que foi tudo natural, alarguei a ferida e depois, sem poder me segurar, de um só golpe, cortei fora a cabeça.

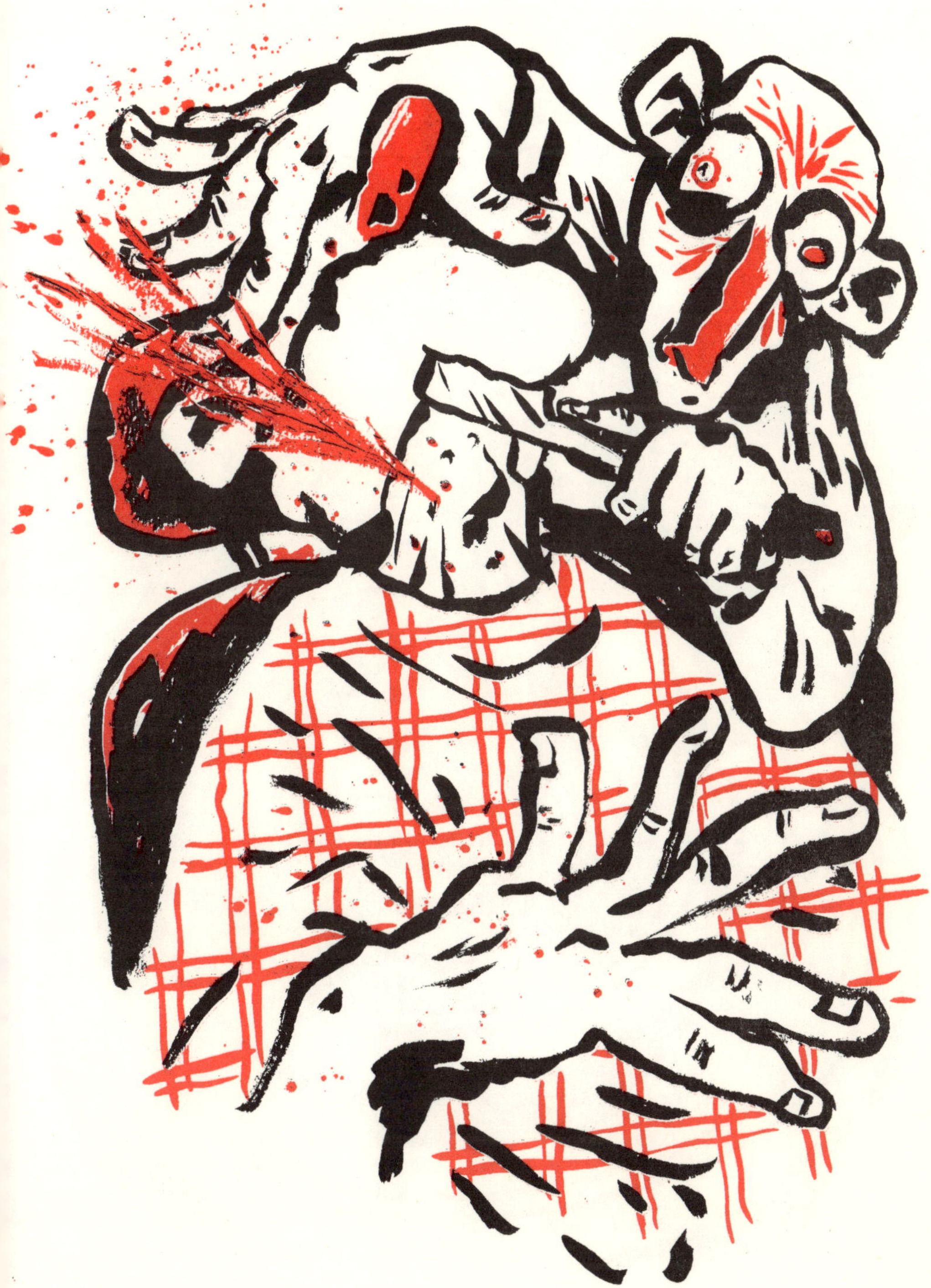

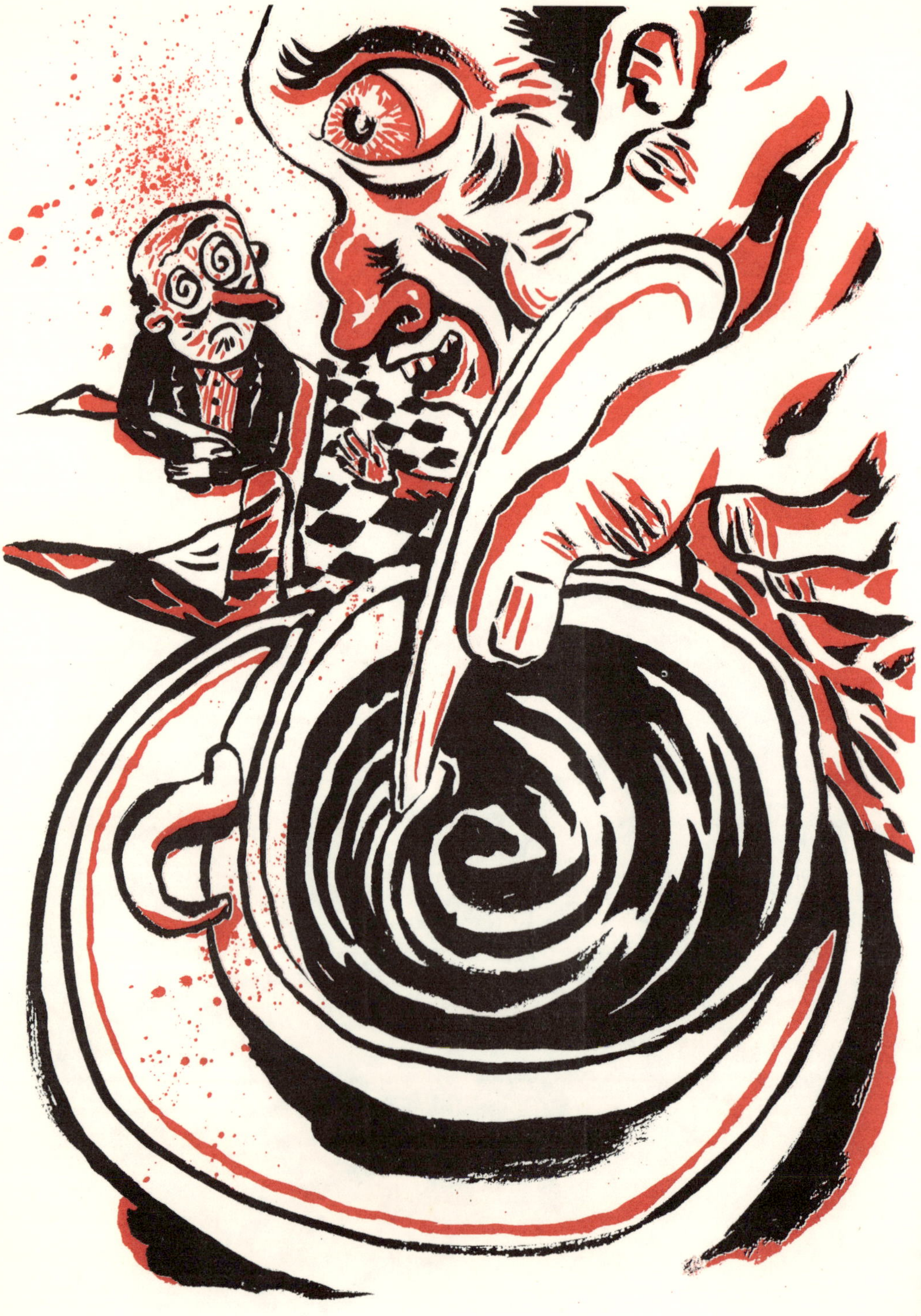

Começou a mexer seu café com leite com a colherinha. O líquido chegava até a borda, levado pelo violento impulso do utensílio de alumínio. (O copo era ordinário; o lugar, barato; a colher, gasta, sebenta de tanto uso.) Fazendo aquele barulhinho do metal contra o vidro. *Zim, zim, zim, zim.* E o café com leite dando voltas e mais voltas, com um buraco no meio. Maelstrom. Eu estava sentado bem na frente dele. O café estava cheio. O homem continuava mexendo e remexendo, imóvel, sorridente, olhando para mim. Uma coisa me subiu por dentro. Olhei para ele de um jeito que se viu na obrigação de explicar:

— O açúcar ainda não desmanchou.

Para provar que era verdade, deu umas batidinhas no fundo do copo. Depois voltou a remexer a beberagem com redobrada energia. Voltas e mais voltas, sem descanso, e o barulho da colher na borda de vidro. *Zam, zam, zam.* Segue, segue, segue sem parar, eternamente. Vira e vira e vira e vira. E me olhava sorrindo. Aí saquei a pistola e atirei.

Tenho certeza de que ele deu risada. E foi do que eu estava aguentando! Era demais! Ele metia e voltava a meter a broca no meu nervo. Bem de propósito. Isso ninguém me tira da cabeça. E ainda caçoou: "Isso até uma criança aguenta." Quem de vocês nunca sentiu enfiarem aquela rodinha dos demônios num dente cariado? Deviam me dar os parabéns. Tenho certeza de que daqui em diante vão tomar mais cuidado. Talvez eu tenha apertado demais. Mas também não é minha culpa que ele tivesse um pescoço tão frágil. E que estivesse tão à mão, tão seguro de si, tão superior. Tão feliz.

Parti seu corpo de baixo para cima, como se fosse um novilho, porque olhava para o teto com indiferença quando fazia amor.

Aí é que está o problema: vocês acham que eu não parei no sinal vermelho. E eu parei, sim. Sei que não tem como provar. Mas eu breguei, e o carro parou. Dali a pouco abriu o sinal, e eu segui em frente. O guarda apitou, e eu não parei porque não podia saber que era comigo. Ele logo me alcançou com sua motocicleta. Falou comigo de mau jeito: "Só porque é mulher acha que as regras de trânsito são feitas para quem usa calça?"

Expliquei que eu não tinha avançado o sinal. Falei uma vez, duas vezes. E ele, nada. Perdi as estribeiras: a mentira era tão gritante que me ferveu o sangue. Sei que ele só estava querendo um ou dois pesos, três, no máximo. Nada contra molhar a mão do guarda quando a gente comete uma infração ou precisa de um favor. Mas o que ele estava dizendo era uma tremenda mentira. Eu tinha respeitado o sinal! E ainda por cima naquele tom: como sabia que não tinha razão, foi logo falando grosso. Viu uma mulher sozinha e achou que ia fazer das suas. Não arredei pé. Estava disposta a ir até o departamento de trânsito e armar um escândalo. Porque eu passei no sinal verde! Ele me olhou com malícia, foi para a frente do carro e fez que ia tirar a placa. Foi na hora em que se abaixou. Não sei o que aconteceu. Aquele homem não tinha nenhum direito de fazer aquilo! Eu é que estava com a razão! Furiosa, dei a partida e arranquei...

Eu o matei porque, em vez de comer, ruminava.

Íamos como sardinhas em lata e aquele homem era um porco. Cheirava mal. Tudo nele cheirava mal, mas principalmente os pés. Garanto ao senhor que era impossível suportar. Além do mais, com o colarinho da camisa, o pescoço imundo. E ficava olhando para mim. Era nojento. Tentei mudar de lugar. E o senhor pode não acreditar, mas aquele indivíduo me seguiu! Era um fedor dos infernos, acho que vi uns bichos andando pela boca dele. Talvez eu tenha exagerado no empurrão. Mas só falta agora me culparem porque o ônibus passou por cima.

Eu o matei porque tinha certeza de que ninguém estava vendo.

— Mais um pouquinho.

Eu não podia dizer que não. E não suporto arroz.

— Se não repetir, vou achar que não gostou.

Eu não tinha intimidade naquela casa e precisava conseguir um favor. Já estava quase no papo. Mas aquele arroz... E a dona insistindo, toda melosa!

— Mais um pouco.

— Só mais um pouquinho.

Já estava empanturrado. Achei que ia vomitar. Aí não tive outro remédio. A coitada ficou com os olhos arregalados, para sempre.

Eu o matei em sonhos e depois não consegui fazer mais nada até que o despachei de verdade. Sem remédio.

Vocês nunca tiveram vontade de assassinar um vendedor de loteria, quando pegam no pé da gente, grudentos, suplicantes? Eu fiz isso em nome de todos.

Mal encostei nela. Mas já se virou feito uma fera. Tudo por causa de uma esfregadinha de nada! E ela nem valia a pena, muito da desenxabida. Vai ver que por isso mesmo ficou tão indignada. Eu não ia permitir uma coisa dessas. Juntou gente em volta. Aí comecei as bofetadas. Se aquele garotinho caiu embaixo de um ônibus que passava, não tenho nada a ver com isso.

Era tão feio, coitado, que toda vez que eu o encontrava parecia me insultar. Tudo tem limite.

Eu o matei porque me acordou. Tinha me deitado muito tarde e não me aguentava em pé. "De um revés, zás!, fiz rolar sua cabeça pelo chão" (Cervantes, *Dom Quixote*, 1, 37).

Fazia três anos que eu sonhava com isto: estrear um terno! Um terno clarinho, como sempre desejei. Poupei centavo por centavo, até que, finalmente, consegui. Com a gola novinha, a calça bem passada, a barra sem desfiar... E aquele cara grandão, surdo, nojento, talvez sem perceber, derrubou o cigarro em mim e me queimou o terno: um buraco horrível, preto, com as bordas cor de café. Acabei com ele a garfadas. Demorou um bocado para morrer.

Eu tinha um furúnculo horrível. Com a ponta enorme, cheia de pus. O tal médico (o meu estava de férias) me falou assim:
— Ora! Isso não é nada. É espremer, e pronto. Nem vai notar.
Perguntei se ele não queria me dar uma injeção para evitar a dor.
— Não vale a pena.
O problema é que justo ao lado tinha um bisturi. Na segunda espremida, eu o catei e finquei nele. De baixo para cima, conforme os manuais.

Quero ver ele fazer greve agora!

Eu o matei porque me deram vinte pesos para fazer isso.

Eu tinha razão! Minha teoria era irrefutável. E aquele velho gagá, negando tudo com sua risadinha imperturbável, como se fosse o rei dos reis e estivesse revestido, pelo dom de Deus, de uma infalibilidade superior. Meus argumentos eram corretíssimos, sem falha. E aquele velho caduco imbecil, de barba suja, desdentado, com seus doutorados *honoris causa* nas costas, pondo em dúvida tudo o que eu dizia, emperrado nas suas teorias fora de moda, que só continuavam vivas na sua mente esclerosada, nos seus livros que ninguém mais lê. Velho putrefato. E todo mundo num silêncio covarde diante da teimosia arrogante do mestre. Já nem valia a pena argumentar, disposto como estava a destruir as minhas teorias com seu risinho mordaz. Como se eu fosse um intruso! Como se defender algo que estava fora do alcance da sua mente em decomposição fosse um insulto à ciência que ele, naturalmente, representava. Até que não pude mais me segurar. Ele me tirou do sério. Meti a campainha na cabeça dele: o problema foi que o badalo pegou bem numa fontanela. Não se perdeu grande coisa, só seus olhos vermelhos de peixe morto.

Eu o matei sem perceber. Acho que não foi a primeira vez.

Estávamos na beira da calçada, esperando para atravessar. Os carros passavam a toda velocidade, um atrás do outro, colados pelos faróis. Só precisei dar um empurrãozinho. Estávamos casados fazia doze anos. Não valia nada.

Não suporto o contato com o veludo. Sou alérgico a veludo. Agora mesmo, me dá arrepios só de falar. Não sei como a conversa foi dar nesse assunto. Aquele almofadinha só sabia satisfazer os seus gostos. Não sei de onde ele tirou um pedaço daquele maldito veludo e começou a esfregar no meu rosto, no pescoço, no nariz. Foi a última coisa que ele fez.

Roncava. Se quem ronca é da família, ainda vá lá. Mas aquele roncador eu não conhecia nem de vista. Seu ronco atravessava as paredes. Fui reclamar com o zelador. Ele deu risada. Fui falar com o autor daqueles roncos tão descomunais. Praticamente me escorraçou.

— Não tenho culpa. Eu não ronco. E, se eu ronco, que é que se há de fazer? Estou no meu direito. Compre algodão hidrófilo...

Já não conseguia dormir: se ele roncava, por causa do barulho; se não, pela expectativa. Dando umas batidas na parede, ele parava por uns instantes, mas logo voltava à carga. Vocês não têm ideia do que é ser sentinela de um barulho desses. Uma catarata, uma tremenda massa de ar, uma fera encurralada, o estertor de cem moribundos, rasgava as minhas entranhas envenenando-me os ouvidos; eu nunca podia dormir, nunca. E não tinha a menor intenção de mudar de casa. Onde eu ia conseguir um aluguel tão baixo? O tiro que eu lhe dei foi com a espingarda do meu sobrinho.

Sou costureiro. Não é para me gabar, mas tenho sólida reputação: sou o melhor costureiro do país. E aquela mulher, que teimava em vestir minhas criações, era só chegar em casa que fazia do luxo um lixo, digamos. Por cima do casaco verde pôs uma echarpe de tule laranja do seu conjunto cinza do ano passado e luvas cor-de-rosa. Amarrei disfarçadamente a echarpe na roda do carro. O arranque fez o resto. Que ponham a culpa no vento!

Você nunca matou ninguém de puro tédio, por não saber o que fazer? É divertido.

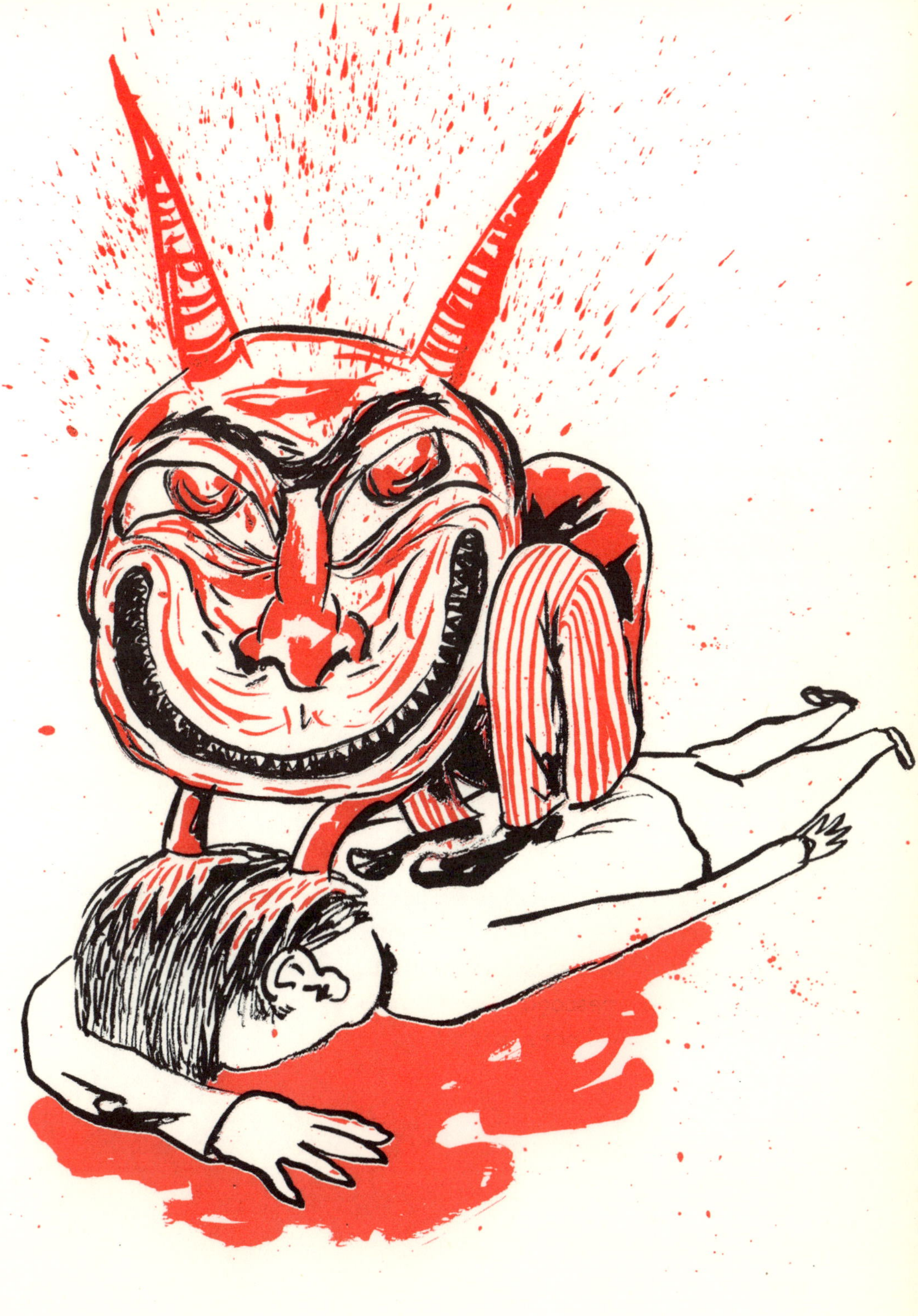

Aquele ator era tão ruim, mas tão ruim, que todo mundo — tenho certeza — pensava: "Que o matem de uma vez!" E bem na hora que eu desejei isso alguma coisa caiu do alto do cenário e lhe quebrou o pescoço. Desde então ando com remorso de ter sido o responsável por sua morte.

Matou a irmãzinha na noite de Reis para ficar com todos os presentes.

Ele disse que não estava interessado no negócio. Não tenho por que explicar questões pessoais que nada têm a ver com o caso. Mas jurou que comprava aquelas meias de lã mais baratas. E não podia ser: eu estava oferecendo a preço de custo. Só porque eu precisava do dinheiro com muita urgência. E ele veio com aquela de que as comprava por dois e cinquenta a menos a dúzia. Mentira deslavada. Mas precisava ver a segurança, a seriedade com que ele afirmava aquilo, fumando um charuto fedido. Acertei sua cabeça com o peso de dois quilos que estava em cima do balcão.

Ele me queimou feio com seu cigarro. Não digo que tenha sido de má intenção. Mas a dor é a mesma. Ele me queimou, doeu, fiquei cego e o matei. Não tive — eu também não — a intenção de fazer isso. Mas aquela garrafa estava tão à mão...

Sou vendedor de loteria: é uma profissão tão honesta como outra qualquer. Tinha certeza de que aquele 18.327 ia ser premiado. São palpites que a gente tem. Fui oferecer o bilhete a um jovem bem-vestido que estava parado numa esquina. Entre outras coisas, era minha obrigação. Ficou interessado nos números que mostrei a ele. Ou seja, deu brecha. Ofereci o 18.327. Ele recusou suavemente. Não é assim que se faz. Quando você não quer uma coisa, tem que falar logo. Eu insisti: era meu dever. Ou não era? Ele sorriu, incrédulo, como se tivesse certeza de que aquele número não ia ser premiado. Se eu achasse que o que ele queria era não comprar, nada teria acontecido. Mas quando a gente se interessa já assume uma obrigação. Juntou gente em volta. O que iam pensar de mim? Era um verdadeiro insulto. Tentei me defender. Sempre ando com um canivete, para o que possa acontecer. É verdade que aquele bilhete não levou o prêmio principal, mas deu o suficiente para comprar outro. Ele não teria perdido nada: o 7 é um bom número final.

Podem perguntar na Sociedade de Xadrez de Mexicali, no Cassino de Hermosillo, na Casa de Sonora: eu sou, eu era, muito melhor jogador de xadrez do que ele. Não tinha nem comparação. Só que ganhou de mim cinco partidas seguidas. Não sei se vocês têm ideia do que seja isso. Ele, um jogador de classe C! Quando deu o xeque-mate, catei um bispo e finquei nele, dizem que foi no olho. O autêntico mate do pastor...

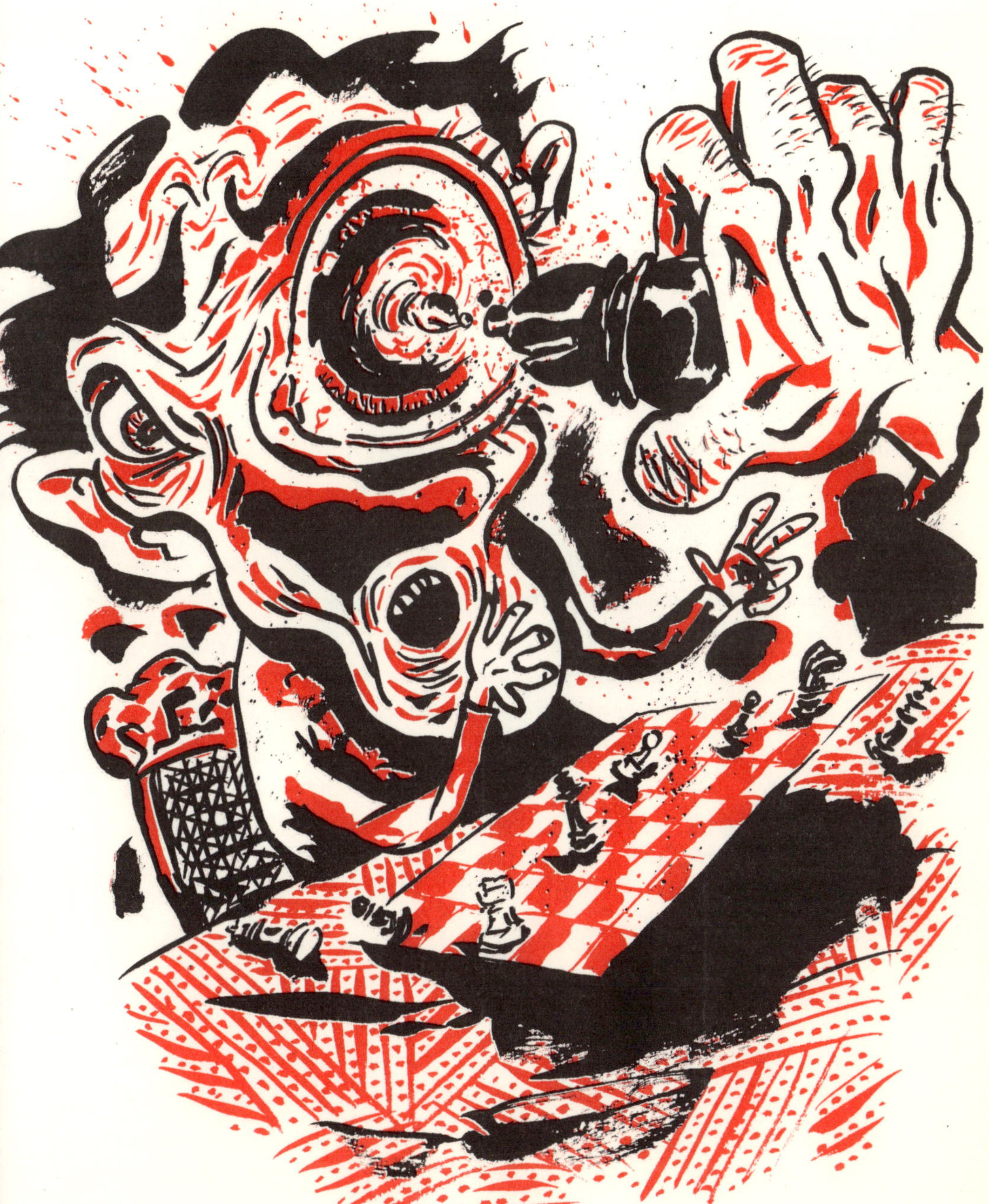

Que é que vocês querem? Ele estava agachado. Me oferecendo o traseiro de um jeito tão ridículo, tão pertinho, que não resisti à tentação de empurrá-lo...

―

O avião partia às seis e quarenta e cinco. Pedi para ele me acordar às cinco. Acordei às sete. O pior é que insistiu que tinha me chamado. Eu nunca volto a dormir quando me acordam. Não tinha nada para fazer em Acapulco, mas ele teimou: "Chamei, sim, senhor." E as mentiras me tiram do sério. Bati com a cabeça dele na parede até que o tiraram das minhas mãos.

―

Ele me disse que o publicaria em maio, depois em junho, depois em outubro. Passou o inverno, com a primavera meu sangue ferveu. Era meu segundo livro! O decisivo. Lamento que tenha sido para o jovem editor. Mas muitos vão me agradecer e, sem dúvida, vai chamar a atenção e servir de propaganda.

―

Eu o matei porque bebi o tanto justo para fazer isso.

―

Era mais inteligente do que eu, mais rico do que eu, mais generoso do que eu, mais alto do que eu, mais bonito, mais esperto; ele se vestia melhor, falava melhor; se vocês pensam que não são eximentes, são tolos. Sempre pensei num jeito de me livrar dele, mas fiz mal em usar veneno: sofreu demais. Isso eu lamento. Queria que ele morresse logo.

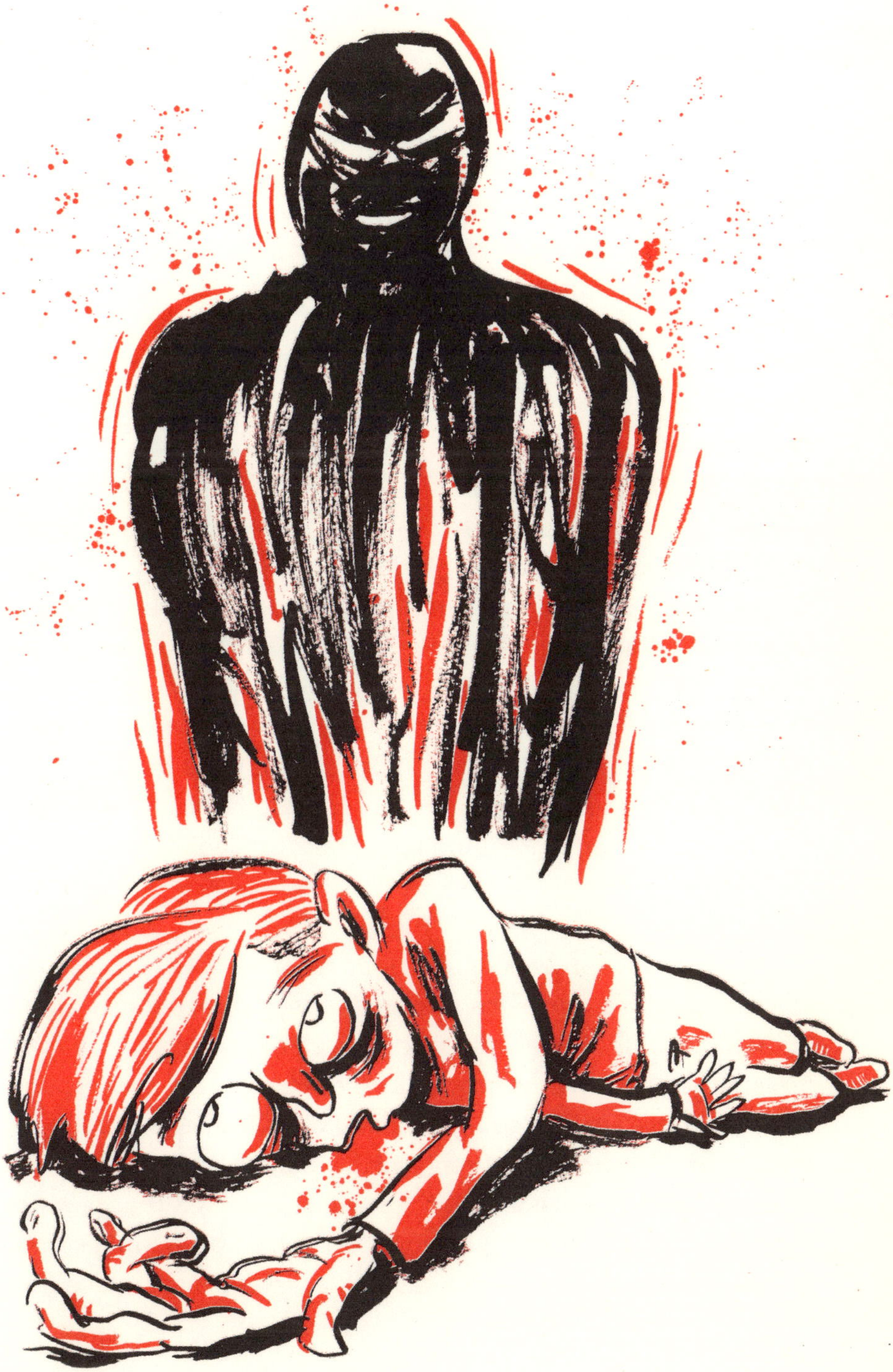

Na verdade, pensei que nunca o descobririam. Sim: era o meu melhor amigo. Quanto a isso não há dúvida; e eu, o melhor amigo dele. Mas nos últimos tempos tinha ficado insuportável: adivinhava tudo o que eu pensava. Não tinha jeito de escapar. Às vezes chegava até a dizer coisas que ainda pelejavam para tomar forma na minha imaginação. Era como viver nu. Preparei tudo muito bem; devo ter deixado o corpo muito perto da estrada.

Eu a matei para poupar-lhe um desgosto.

O importante é conseguir e manter a paz entre os homens. Se para tanto é preciso chegar a isto (e fez um gesto que abarcava toda a praça), que é que se há de fazer?!

Eu o envenenei porque queria ocupar sua cadeira na Academia. Nunca pensei que iam descobrir. Tudo por causa daquele romancista de merda que, ainda por cima, é delegado de polícia!

Não sei vocês. Talvez sejam feitos de outro material, mas eu sou assim. Que é que se há de fazer? Assumo toda a responsabilidade. Acontece que naquele dia eu estava estreando um par de sapatos novos. Se formos analisar bem, o verdadeiro responsável é o sapateiro. Eu sou um homem, "nada menos que todo um homem", como disse o senhor Hoyos. Não aguentei. Isso está claro. Certas dores são insuportáveis. Uma vez fui operado sem anestesia: só porque me deu na veneta. Essa é outra história que não tem nada a ver com o caso. O fato é que eu já estava por um triz. Essas dores insidiosas, que nem dores são; hipócritas. Peguei o bonde. A coisa começou logo depois: ele me deu um pisão no pé. Isso mesmo, um pisão no pé. Pediu desculpas, todo gentil. Eu me segurei, e tudo bem. Um estranho que nos dá um pisão no pé é sempre um ser antipático. Dali a pouco — acho que no ponto seguinte, na esquina da rua Mayor — nos empurraram, e aquele sujeito me deu um segundo pisão. Dessa vez não pediu desculpas. E eu não consegui me segurar, dei-lhe um safanão. Aí ele me deu um terceiro pisão. O resto vocês sabem. Também não tenho culpa se sou representante da melhor fábrica americana de navalhas, isso sem falar que sou muito homem.

 Se eu não durmo oito horas, não presto para nada; e precisava acordar às sete... Eram duas da manhã, e não queriam saber de ir embora: esparramados nas poltronas, todos bem à vontade. E Deus é testemunha que eu não tive outro remédio senão convidá-los para jantar. E falavam pelos cotovelos, por todas as juntas, aos borbotões, tagarelando sobre coisas inúteis, e dá-lhe tomar conhaque e outro cafezinho. De repente, ela inventou que, mais tarde, podíamos tomar uma sopa de alho. (Minha cozinheira é famosa.) Eu não podia mais. Se os convidei para jantar, foi porque não tive outro remédio, porque sou uma pessoa bem-educada. Chegaram, mais ou menos pontualmente, às nove e meia, já eram duas da manhã, e nada de quererem ir embora. Eu não conseguia afastar meu pensamento do relógio, porque olhar não podia, pois a educação está acima de tudo. Precisava acordar às sete e, se não durmo oito horas, passo o dia inteiro feito um caco; além disso, o que eles falavam não me interessava nada, nada mesmo. Claro que eu podia ter agido como um grosseirão e de algum modo ter pedido para eles irem embora.

Mas isso não é do meu feitio. Minha mãe, que enviuvou muito jovem, inculcou em mim os melhores princípios. A única coisa que eu queria era dormir. Pouco me importava todo o resto. Não que estivesse com muito sono: só pensava no que me esperava no dia seguinte... Minha educação me impedia de fingir um bocejo, coisa tão comum entre gente vulgar.

E o senhor isso, o senhor aquilo... e o outro e aquele lá. O buraco... o xadrez... o pôquer... Ginger Rogers, Lana Turner, Dolores del Río (detesto cinema). Sábado em Cuernavaca (detesto Cuernavaca). Ah, a casa de Acapulco! (naquela hora detestei Acapulco), e Beltrano que perdia tanto e tanto... O senhor, o que pensa disso? O senhor, o senhor, o senhor... E o presidente, e o ministro, e a ópera (detesto ópera). E a casimira inglesa, Dom Pedro, os lances, as chances...

E aquele veneno que parecia tanto com o conhaque...

Ficha 342.
Nome do paciente: Agrasot, Luisa.
Idade: 24 anos.
Natural de Veracruz, Ver.
Diagnóstico: Erupção cutânea de origem provavelmente polibacilar.
Tratamento: dois milhões de unidades de penicilina.
Resultado: Nulo.
Observações: Caso único. Recalcitrante. Sem precedentes.

Depois do décimo quinto dia, comecei a me preocupar. O diagnóstico era claríssimo. Não restava dúvida. Com o fracasso da penicilina, experimentei desesperadamente todo tipo de medicamentos: não sabia mais o que fazer. Quebrei a cabeça, dia e noite, semanas a fio, até que lhe apliquei uma dose de cianeto de potássio. A paciência — mesmo com os pacientes — tem limite.

—

— Vão me acusar dessa morte só porque esqueci que a pistola estava carregada? Todo mundo sabe que tenho memória fraca. Por isso a culpa vai ser minha? Seria o cúmulo!

—

Saímos para caçar patos selvagens. Fiquei de tocaia. Que será que me fez mirar naquele sujeito rechonchudo e ridículo, de chapéu tirolês, com pena e tudo?

Sou professor. Há dez anos que sou professor na Escola Primária de Tenancingo, Zacatecas. Muitas crianças já passaram pelas carteiras da minha escola. Acho que sou um bom professor. Isso até aparecer aquele Panchito Contreras. Nunca me obedecia e não aprendia absolutamente nada: porque não queria. Nenhum castigo surtia efeito. Nem os morais nem os corporais. E me encarava, insolente. Supliquei, bati nele. Não teve jeito. As outras crianças começaram a caçoar de mim. Perdi toda a autoridade, o sono, o apetite, até que um dia não pude mais aguentar e, para que servisse de exemplo, o enforquei na árvore do pátio.

O secretário-geral da União de Autores Cinematográficos me devolveu gentilmente o manuscrito:

— Lamento, senhor, mas a comissão de registro decidiu que não pode aceitar seu argumento porque sua história é idêntica a outra registrada há um mês pelo senhor Julio Ortega.

— Não é possível! Essa história aconteceu comigo! É minha!

— Conforme o parecer, a única diferença está no título e em alguns pequenos detalhes.

Era impossível. Era uma história muito boa, completamente original. Decerto um dos membros dessa misteriosa comissão gostou e resolveu se apropriar dela. Testei os limites da minha paciência:

— Posso ver o argumento do senhor Ortega?

O secretário me entregou aquelas páginas, e eu as folheei. De fato, as duas histórias eram muito semelhantes. Mas era impossível que aquilo também tivesse acontecido com ele! Mesmo que ele tivesse registrado o argumento antes de mim! Mesmo que o tivesse escrito antes de mim! A ideia era minha, só minha! Era um roubo!

Foi isso que eu disse, isso que eu gritei. Não quiseram saber. Não conseguiram perceber que o tempo não tem absolutamente nada a ver com as ideias. Poucas pessoas sabem o que é a poesia e a confundem com a história, com a falsa história que inventam para satisfazer suas necessidades mesquinhas. Vi como cochichavam e sorriam. Tapados! Cheguei até a ficar vermelho! Isso só me acontece quando querem me assacar algo falso. Aquilo me revirou as tripas.

Aí entrou o senhor Ortega. Era um homem absolutamente vulgar, que obviamente não podia ter tido aquela ideia: testa estreita, barriga imensa; com jeito de açougueiro. Usei o corta-papel, mas também podia ter usado o peso. Sangrou feito um porco.

De mim ninguém ri. Aquele lá, pelo menos, nunca mais.

Sou um homem pontual, nunca chego atrasado a um encontro. É o meu *hobby*. E eu tinha um encontro. Tinha um encontro e estava com fome. O encontro era muito importante. Mas aquele garçom demorou tanto, tanto para me atender, e eu estava com tanta, mas tanta pressa, e ele respondeu de um modo tão mole, tão sem querer saber da pressa que me consumia, que só me restou dar na cabeça dele. Vocês vão dizer que foi desproporcional. Mas façam o teste: entre um prato e outro, ele demorou exatos dezessete minutos. Vocês têm noção da eternidade que são dezessete minutos de espera, um atrás do outro, vendo os ponteiros do relógio avançar, vendo o ponteiro dos segundos dar voltas e mais voltas? E o encontro, cada vez mais impossível. O problema, claro, é que ele não se defendeu. Não gosto nem de lembrar.

Era um imbecil. Eu lhe dei o endereço e expliquei o caminho três vezes, bem claro. Era muito simples: bastava atravessar a Reforma na altura do quinto quarteirão. E nas três vezes ele se atrapalhou na hora de entrar. Fiz um mapa claríssimo. Ficou olhando para mim, interrogativo:

— Não sei.

Encolheu os ombros. Era de matar. Foi isso que eu fiz. Se eu lamento ou não, são outros quinhentos.

Aquela senhora levava seu cachorrinho para passear toda manhã e toda tarde, sempre na mesma hora. Era uma mulher velha e feia e evidentemente ruim. Isso se notava à primeira vista. Eu não tenho muito o que fazer e gosto daquele banco. Daquele banco, e de mais nenhum. Óbvio que ela fazia aquilo de propósito: aquele cachorrinho indecente era o bicho mais horrível que alguém podia ter inventado. Comprido, com pelos por todo lado. Todo dia me cheirava e me reprovava. Depois fazia sujeira bem debaixo do meu nariz. A velha o chamava por todos os diminutivos possíveis: amorzinho, reizinho, imperadorzinho, anjinho, filhinho.

Fiquei pensando por mais de meio minuto. Afinal de contas, o bicho não tinha culpa. Estavam construindo uma casa ali ao lado e tinham deixado uma barra de ferro bem ao alcance da minha mão. Dei na velha com toda a minha força, e se eu não tivesse tropeçado e caído, ao atravessar a rua, ninguém teria me alcançado.

Pedi o *Excelsior*, e me trouxe o *Popular*. Pedi *Delicados*, e me trouxe *Chesterfield*. Pedi uma cerveja clara, e me trouxe uma escura. Sangue e cerveja, misturados, no chão, não são uma boa combinação.

Falava, e falava, e falava, e falava, e falava, e falava, e falava. E dá-lhe falar. Eu sou uma mulher de bem. Mas aquela empregada gorda não fazia mais do que falar, e falar, e falar. Aonde quer que eu fosse, ela vinha atrás e começava a falar. Falava de tudo, de qualquer coisa, tanto fazia. Mandá-la embora por causa disso? Teria que lhe pagar os três meses de indenização. Além do mais, ela ainda era bem capaz de me rogar uma praga. Até no banheiro: que isso, que aquilo, que não sei o que mais. Enfiei a toalha na boca dela para que parasse. Não foi por causa disso que ela morreu, mas por não falar: as palavras explodiram por dentro dela.

Não posso me mudar deste apartamento. Não tenho dinheiro. Além do mais, foi aqui que a minha mãe morreu, e eu sou um sentimental. Mas vocês não sabem o que é um *jukebox*. Um monstro que atravessa as paredes das sete da manhã até as cinco da madrugada. Vocês não sabem o que é isso. O mesmo tango, a mesma canção. Horas e horas, sem deixar você dormir, sem deixar você comer, sem deixar você em paz nem por um instante. Comer tango, beber canção, e não dormir; ou ter o sono quebrado, interrompido, retorcido por um *jukebox*. Ai, monstro verde, amarelo e vermelho! Reclamei, escrevi e enviei queixas para todas as autoridades possíveis e imagináveis. Não ligaram a mínima. Comprei uma granada de mão de um amigo militar.

Lamento pelo dono do bar, principalmente depois de saber que era órfão de pai e mãe. Espero que a minha mãezinha me perdoe. Fiz isso por ela: não posso mudar de casa.

Aconteceu assim: fazia quarenta e seis anos que estavam casados. Seus filhos se casaram, e se foram; outros ficaram pelo caminho. Apegaram-se aos cachorros. Tiveram sete ao longo de quase um quarto de século. (Tinham uma casa velha, úmida, comprida e estreita, com cheiro de esgoto, que eles não notavam, escura.) Nenhum dos sete os cativou tanto quanto Julio, um cachorrinho branco e sujo, carinhoso ao extremo, que passava o dia lambendo os donos onde pudesse. Dormia ao pé da cama e, assim que entrava a primeira luz desbotada, subia para acordá-los a golpes de língua. Um dia, a velha ficou enciumada: achou que o cachorro preferia seu cônjuge. Sofreu em silêncio, tentou aliciar o cachorro com manobras e guloseimas; mas Julio continuou lambendo seu esposo em primeiro lugar e, sem dúvida, com predileção. A mulher envenenou o marido, lentamente. Disseram que o cachorro morreu no mesmo dia que o velho, mas foi uma licença poética: viveu por mais três anos, para grande felicidade da boa senhora.

Ele me tirou para dançar sete vezes seguidas. E não tinha como escapulir: meus pais não desgrudavam os olhos de mim. O imbecil não tinha a menor ideia de ritmo. E as mãos dele suavam. E eu tinha um alfinete, comprido, comprido.

Eu o matei porque não pensava como eu.

Eu o matei porque tinha uma pistola. E é tão gostoso ter uma na mão!

Errata.
Onde se lê:
Eu a matei porque era minha.
Leia-se:
Eu a matei porque não era minha.

Não fiz de propósito.

Até parece que os filhos dos milionários têm algo de especial no cabeção!

Fazia um frio dos diabos. Ele marcou às sete e quinze na esquina da Venustiano Carranza com a San Juan de Letrán. Não sou desses homens absurdos que adoram o relógio e o reverenciam como uma divindade inalterável. Entendo que o tempo é elástico e que, quando se marca às sete e quinze, pode valer como sete e meia. Tenho um critério flexível para tudo. Sempre fui um homem muito tolerante: um liberal da boa escola. Mas certas coisas são inaceitáveis, por mais liberal que a pessoa seja. O fato de eu ser pontual não obriga os outros a fazer o mesmo, até certo ponto; mas vocês hão de concordar comigo que esse ponto existe. Já disse que estava um frio terrível. E aquela maldita esquina estava aberta a todos os ventos. Sete e meia, vinte para as oito, dez para as oito. Oito horas. Naturalmente vocês me perguntarão por que eu não fui embora. Simples: sou um homem respeitador da palavra dada, um pouco antiquado, vocês dirão, mas, quando eu digo uma coisa, eu cumpro. Héctor tinha marcado às sete e quinze, e nunca me passaria pela cabeça faltar a um encontro. Oito e quinze, oito e vinte, oito e vinte e cinco, oito e meia, e nada de Héctor aparecer. Eu estava absolutamente gelado: sentia dor nos pés, nas mãos, no peito, no cabelo. Na verdade, se tivesse ido com meu casaco marrom, é bem provável que nada tivesse acontecido. Mas são coisas do destino, e garanto que às três da tarde, hora em que saí de casa, ninguém podia prever aquela ventania. Vinte e cinco para as nove, vinte para as nove, quinze para as nove. Transido, roxo. Chegou às dez para as nove: sossegado, sorridente e satisfeito. Com o seu grosso casaco cinza e suas luvas forradas.

— Salve, irmão!

Assim, como se nada. Não pude evitar: eu o empurrei na frente do trem que justamente ia passando. Triste coincidência.

Foi ponto, senhor! Juro pela minha mãezinha, que Deus a tenha... Acontece que aquele juiz tinha encarnado na gente. Nunca na vida dei uma tacada com tanto gosto. Seus miolos voaram que nem creme de morango.

Eu adoro dobradinha. Não tem nada no mundo de que eu goste mais do que dobradinha. E tem coisa mais gostosa? Não estou certo? Aos nove anos a pessoa já tem de saber disso. E aquele menino falando que não e não. Que não gostava. Mas se ele nem tinha experimentado! E como irritava, teimando, com a boca fechada, os lábios cerrados, balançando a cabeça para a direita e para a esquerda.

Não queria experimentar nem um pouquinho. Quando começou a chorar, não me segurei. Se ele morreu por causa da surra, foi culpa dele. Sei que ele ser meu filho não é uma atenuante. Mas um prato de dobradinha, bem no ponto, quase de livro, com aquela cor tão apetitosa, e aquele garoto imbecil, não e não, de pura teimosia...

―

Ela a devolveu rasgada. E me deu uma dor no coração... Eu tinha avisado. Ela até quis me pagar, muito da... Isso, só com a vida.

―

E aquele desgraçado fechou com o carrilhão quando era batata que a última branca estava comigo! Não vai voltar a fazer isso. Ele que se gabava de ser o campeão de dominó de Tulancingo. Precisa dizer mais?

―

Era um gol feito! Só precisava ter empurrado a bola, com o goleiro fora de jogo... E ele a mandou por cima da trave! E aquele gol era decisivo! Despachávamos aqueles convencidos da Nopalera. Se com o chute que eu lhe dei foi parar no outro mundo, ele que lá aprenda a jogar como Deus manda.

―

Desde que nasceu, aquele moleque só fazia chorar, manhã, tarde e noite. Quando mamava e quando não mamava; quando lhe davam a mamadeira, quando não lhe davam a mamadeira; quando o levavam para passear e quando não; quando o punham para dormir, quando lhe davam banho, quando lhe trocavam as fraldas, quando o tiravam de casa, quando o traziam de volta. E eu tinha de terminar aquele artigo. Havia prometido entregá-lo até meio-dia. Era um compromisso inevitável com meu compadre Ríos. E eu cumpro com meus compromissos. E aquele moleque chorava, e chorava, e chorava. E a mãe... Bom, melhor nem falar dela. Até que o joguei pela janela. Garanto a vocês que não tinha outro jeito.

Eu tinha terminado o trabalho, não pensem que foi coisa fácil: oito dias para passar aquele projeto a limpo. No dia seguinte ia prestar os exames semestrais. E aquele maldito indo para lá e para cá para encher sua pena no meu tinteiro, até que a derrubou em cima da planta... Foi natural: finquei o compasso na barriga dele.

Escorreguei, caí. Foi por culpa de uma casca de laranja. Tinha gente em volta, e todo mundo riu de mim. Principalmente a moça da banca, aquela em quem eu andava de olho. Acertei-lhe uma pedra bem no meinho dos olhos: sempre tive boa pontaria. Caiu de pernas para o ar, mostrando sua flor.

Esqueceu. Assim, sem mais: esqueceu. Era uma questão importante, talvez não de vida ou morte. Para ele, foi.
— Ah, irmão, esqueci.
Esqueceu! Agora nunca mais vai esquecer.

Para que tentar convencê-lo? Era um sectário da pior laia, cabeça-dura como o quê. Eu a parti de um só golpe, para que aprendesse a discutir. Quem não sabe que não fale.

Era a sétima vez que me mandava copiar aquela carta. Eu tenho o meu diploma, sou uma datilógrafa de primeira. Uma vez foi porque tinha continuado na mesma linha e ele falou que era parágrafo; outra, porque quis mudar um "provavelmente" por um "talvez"; outra, porque troquei um *v* por um *b*; outra, porque resolveu acrescentar um parágrafo; outras, nem sei mais por quê; o fato é que tive de escrever sete vezes. E, quando fui lhe mostrar a carta, ele me olhou com aqueles olhos hipócritas de gerente e começou, mais uma vez: "Veja bem, senhorita…" Não o deixei terminar. É preciso ter um pouco mais de respeito pelos trabalhadores.

A culpa: do apito. Eu trabalho em casa e ouço o apito a três ruas de distância, eu o sinto aumentar, se aproximar, encorpar levando a expectativa ao cúmulo. Entra em todas as casas: no número 5, no 7, no 9, no 11 não, porque não existe, bate no 13. Todo dia. Perto das onze da manhã e das quatro da tarde. Um suplício que não desejo ao pior dos meus inimigos, se eu tivesse algum. Continua a tortura: vai se afastando, muda de calçada, e o apito começa a diminuir, a sumir, a desaparecer, a partir do 18, que fica na frente da minha casa, na frente da sua, até o 16, o 14, o 10 — não existe o 12 —, o 8, o 4 — o 6 também não existe —, e assim até virar na Artes. Se estou no banheiro, que dá para os fundos, continuo ouvindo, se presto atenção, até que ele chega na Sullivan. Claro, o senhor não está em casa a essa hora; além do mais, não espera cartas. Não escreve nem recebe nenhuma. Ou estou enganado? Quem recebe cartas tem um certo sorriso que não lhe deixa mentir. O senhor poderá dizer que eu também não tenho cara de quem recebe cartas. Está certo, mas deveria receber.

Minha filha deveria me escrever, é obrigação dela, mas não me escreve. O senhor não imagina o que é esperar uma carta e ouvir a maré chegando... O senhor dirá: que culpa tinha o carteiro? Quem toca o apito? Deus?

―――

Eu o matei porque era idiota, malicioso, estúpido, tapado, néscio, mentecapto, hipócrita, tonto, paspalho, farsante, jesuíta; a escolher. Uma coisa é verdade: não duas.

―――

Eu o matei porque era mais forte do que eu.

―――

Eu o matei porque era mais forte do que ele.

―――

Ela sabia que eu sabia que ela estava mentindo... Mas confundia verdadeiro com falso, encobrindo as intenções:
— Eram sete horas — repetia teimosamente. — Eram sete horas.
Ela de fato tinha estado na livraria, mas não às sete, eu sabia disso de boa fonte: a minha. E ela:
— Eram sete horas.
Lorota das boas. A raiva me consumia. Alguma coisa me travava os braços: os bíceps pela frente, os tríceps por trás. Arrochado. De repente, rebentou, romperam-se as correntes e me libertei. Não bravateio nem faço loucuras, mas foi como se tivesse acabado de sair da cadeia, livre de toda servidão, de alma limpa, limados os grilhões, imenso como a Terra. Tirei a mentira da sua boca: arrochada. Agora, pude ver no meu relógio de pulso,

agora sim eram sete horas, por coincidência, mas eram sete horas. O que vai de ontem para hoje.

Eu a matei porque estava com dor de estômago.

Eu a matei porque ela estava com dor de estômago.

Estava lendo para ele o segundo ato. A cena entre Emilia e Fernando é a melhor: quanto a isso não pode haver nenhuma dúvida, todos os que conhecem meu drama estão de acordo. Aquele imbecil estava morrendo de sono! Não se aguentava em pé. A perna solta, cravava o queixo no peito, feito um badalo. Em seguida voltava a levantar os olhos fazendo como se acompanhasse a intriga com o maior interesse, para voltar a cabecear, prestes a ficar como uma pedra. Para ajudá-lo, quebrei seu pescoço de um murro, como dizem que um certo Hércules matou uns bois. De repente me brotou de dentro essa força desconhecida. Fiquei surpreso.

Eu o matei porque estava com dor de cabeça. E ele lá falando sem parar, sem descanso, de coisas que pouco me importavam. Para ser sincero, mesmo que me interessassem. Antes disso, olhei para o relógio seis vezes, descaradamente: ele nem ligou. Acho que é uma atenuante a levar em conta.

Precisava insistir tanto assim em negar as evidências?

Eu tinha pedido meus tacos muito antes daquele desgraçado. A garçonete, rebolando as nádegas como se só ela no mundo tivesse bunda, serviu os tacos dele primeiro, sorrindo.

Rachei-lhe a cabeça de uma garrafada: eu tinha pedido os meus tacos muito antes daquele desgraçado, coxo e com sotaque do norte, para piorar.

Ele me devia aquele dinheiro. Prometeu pagar há dois meses, na semana passada, ontem. Eu precisava para levar Irene a Acapulco, só lá conseguiria ir para a cama com ela. Foi por dois dias que lhe emprestei, só por dois dias.

Tinha jurado a mim mesmo acabar com a raça do próximo que viesse passar um bilhete de loteria na minha corcunda.

Ficou sabendo por acaso:
— Não conta para ninguém.
— Você não me conhece!
Não demorou para dar com a língua nos dentes. Arranquei-a da boca dele. Era muito comprida, nunca acabava de sair.

Fazia aquilo de propósito: para me acertar na cabeça. Acertei na sua idem. Vai ser enterrado daqui a pouco. Bateu contra uma coisa dura, ao cair. Como se fosse de propósito: estava querendo. Não sei ele, mas eu.

Matar, matar sem compaixão para seguir em frente, para aplainar o caminho, para não se cansar. Um cadáver, mesmo que mole, é um bom degrau para se sentir mais alto. Levanta.

Matar, acabar com aquilo que incomoda para que as coisas sejam diferentes, para que o tempo passe mais rápido. Serviço a prestar até que me matem; têm todo o direito de fazer isso.

A única dúvida que eu tive foi quem despachar: o linotipista ou o diretor. Escolhi o segundo, por ser mais vistoso. É o que vai de um jota a um roto.

Quando bebia, quebrava tudo, a pauladas, virando como um pião. Aquela terrina era a única coisa que restava da minha mãezinha. Podia ter quebrado todo o resto, mas a terrina, não! Não foi com o picador de gelo, não, senhor; foi com o ferro de passar.

Mas se ele era um pobre idiota! O que ele tinha de valioso? O dinheiro, só o dinheiro. E aí está. Então?

Vai me acusar de ter matado esse troglodita que acabava de liquidar os pais e a avó? Se estivéssemos em vinte, ninguém teria dito nada. Concorda? É crime porque o fiz sozinho? Não, senhor, não.

Eu o matei porque não consegui lembrar o nome dele. O senhor nunca foi subchefe de cerimonial, na chefia interina. O presidente bem do meu lado, e aquele sujeito, na fila, avançando, avançando...

Matar a Deus sobre todas as coisas e acabar com o próximo onde estiver, até deixar o mundo limpo que nem a palma da mão. Fui pego com a mão na massa. Naquele campo de futebol: tantos idiotas bem instalados! E com a metralhadora, carpindo, carpindo, carpindo. Pena que não me deixaram terminar.

Não, eu ia me suicidar. Mas o revólver engripou. Juro que a última bala era para mim. Que diferença faria se eu levasse alguns comigo? Dali, da janela, nenhum me escapava. Lembrei meus bons tempos de caçador.

Ele me molhou da cabeça aos pés. Isso ainda vá lá. Só que me encharcou as meias todinhas. E isso eu não posso tolerar. É uma coisa que não suporto. E, por uma vez que um pedestre mata um maldito motorista, não vamos armar tanto escândalo.

Não tenho vontade própria. Nenhuma. Eu me deixo influenciar pela primeira coisa que vejo. Sou fácil de convencer. Basta que outra pessoa o faça. Ele matou sua mulher; eu, a minha. A culpa é do jornal que contou o caso com tantos detalhes.

Eu queria um filho, senhor! Quando veio a quarta fêmea, acabei com ela.

Não conseguiu dormir enquanto não acabou de ler aquele romance policial. A solução era tão absurda, tão sem lógica, que Roberto Muñoz se levantou. Saiu para a rua e foi até a esquina para esperar a volta de Florentino Borrego, que assinava Archibald MacLeish — para maior tormento e prova da sua ignorância. Ele o matou de bate-pronto: entre a sexta e a sétima costela.

Era vesgo, e eu achei que ele estava me olhando torto. E estava mesmo me olhando torto! Só falta agora chamarem qualquer desgraçado mortinho de cadáver.

Negou que eu tinha emprestado a ele o quarto volume!... E o vão lá na fileira de livros, como um nicho...

Eu gosto muito de cinema. Chego sempre na hora exata de a sessão começar. Sento, me acomodo, me concentro, procuro não perder uma palavra, primeiro porque paguei o preço do ingresso, depois porque gosto muito de me instruir. Não quero que ninguém me perturbe, por isso procuro sempre me sentar no meio da fileira, para que não fiquem passando na minha frente. E não suporto ouvir conversas. Não suporto! E aquele casal passou o Noticiário Universal inteirinho cochichando. Manifestei discretamente o meu descontentamento. Ficaram mais ou menos em silêncio durante o desenho animado, que não era bom, e além do mais eu já tinha visto. (Coisa inadmissível numa sessão de estreia.) Voltaram a conversar durante o documentário. Eu me virei enfurecido, e eles ficaram calados por meio minuto, mas, quando o filme começou, já não houve mais quem pudesse aguentar aqueles dois. Eu tinha certeza de contar com a simpatia dos outros que estavam sentados ali perto. Comecei a fazer *shhhh*. Aí todos se voltaram contra mim. Era uma flagrante injustiça. Virei para os tagarelas e gritei bem alto:

— Calem a boca de uma vez por todas!

Aí aquele homem respondeu com uma grosseria. Justo a mim! Aí puxei o meu ferrinho. Para que aquele e todos os outros aprendessem a fazer silêncio.

Tinha mau hálito. Ela mesma disse que não tinha remédio...

Tanta história! Que diferença fazia esse ou outro? Por acaso o senhor escolhe sua clientela?

Tinha começado a lide do primeiro touro! Os picadores já estavam na arena! Eu ia ver o Armilla tourear! Os outros pouco me importavam! Aquele acomodador era um imbecil! Vou ser responsável pela estupidez dos outros? Onde iríamos parar? Eu tinha o número vinte e cinco da sétima fila, e aquele asno com braçadeira me levou para o duzentos e vinte e cinco. Do outro lado da praça! As pessoas começaram a achar ruim comigo. Onde eu ia me sentar se aquele desgraçado tinha se enganado e a praça estava abarrotada? Reclamei, tentei me explicar.

Ele quis escapulir. As pessoas me xingavam. Aí ouvi a ovação! Não tinha visto o quite! Me deu tanta raiva que o empurrei galeria abaixo. Fraturou a base do crânio? Que é que eu tenho a ver com isso? Se cada um cumprisse com a sua obrigação! Já tive o bastante com perder a tourada.

Naquele exato momento, bom, um pouquinho antes, ele resolveu dizer:
— Não esquece de passar no relojoeiro, meu relógio já deve estar pronto.

Eu tenho culpa de ser invertido? E ele não tinha o direito de não ser.

Foi por ser tão teimosa. Não lhe custava nada. Mas não, não e não. Vocês não podem imaginar. Tem mulheres assim. Quantas menos houver, melhor.

Ele entrou bem naquela hora. Fazia um mês que eu esperava essa chance. Já estava encurralada, vencida, disposta a se entregar. Ela me beijou. E aquele sombrio imbecil, com sua cara de idiota, seu sorriso de pão doce, sua capacidade de sempre dar um fora, entrou no quarto, perguntando com a sua voz de falsete, bancando o engraçado:
— Tem alguém em casa?
Era de matar. O primeiro impulso é sempre o melhor.

A verdade é que eu me portei mal com ele. Num acesso de raiva, o insultei. Ele tinha razão, mas eu sou assim. Não aconteceu mais nada. Continuamos nos vendo, sem nos falar. Mas para mim era muito desagradável. Claro que eu podia ter pedido desculpas, e tudo voltaria a ser como antes. Mas não sou desses. Ele fazia de conta que não me via: era como se eu não existisse. Não disse nem ai! Tenho certeza de que nem sequer sentiu dor. Os dois afinal ficamos em paz.

O gogó, senhor juiz, o gogó tão duro, tão mal barbeado, com aquela pele de galinha velha, depenada e pelanquenta, e aquela cartilagem — o gogó é uma cartilagem? — subindo e descendo, deglutindo, falando, roncando. Nem me lembre. Não vale a pena; deve ter passado maus bocados se olhando no espelho, mesmo que fosse só para se barbear.

Que culpa eu tenho, senhor, se o facão estava tão afiado? Foi por acaso. Ninguém deve ser castigado por isso. Juro que eu não sabia. Não foi de raiva, nem como o Julito, que destroncou o pai com um só golpe. A verdade é que ele estava do seu lado, de joelhos, arrumando não sei o que, e o guri não tinha nem nove anos. Foi só para ver se cortava — disse. — E, como era verdade, acreditaram nele. E o mandaram ficar com a mãe, e ele bem que sabia. E eu, que não sabia, vou ter de pagar toda a vida só porque o Nicho mandou amolar o facão? O amolado, senhor juiz, sou eu mesmo. Bem dizem que a ignorância é a mãe de todos os males. E eu não fiz por maldade.

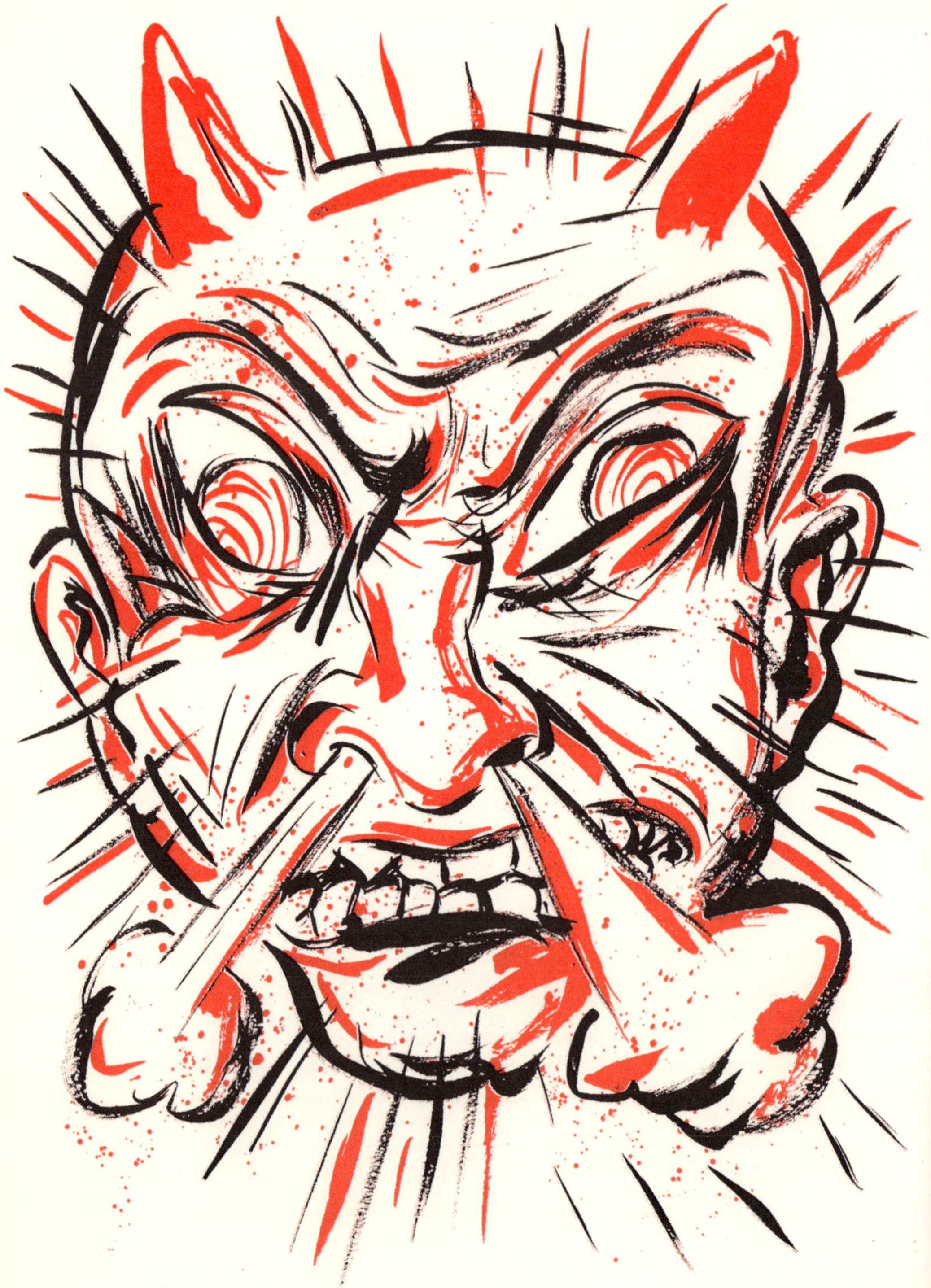

Eu estava tão furioso que, quando parti para cima dela, já tinha desaparecido. Se a liquidei com tanta sanha, foi por isso.

Ele me insultou sem razão alguma. Assim, porque o sangue lhe subiu à cabeça. Estávamos jogando buraco, ele trapaceou, e eu vi. Resolvi parar de jogar. Ele sentiu aquilo como um tapa na cara. Não nos falamos mais. Ele foi o culpado. O problema é que nos víamos todo dia no escritório. Eu esperava que ele me pedisse desculpas. Mas, que nada! Não era desses. Sua presença me incomodava cada vez mais, até aquele dia em que esvaziei o revólver nele. Pronto.

É que vocês não são mulheres, não andam de ônibus, principalmente em Circunvalación, ou no lotação imundo do Circuito Colonias, na hora do *rush*. E não sabem o que é ser bolinada. Não sabem o que é todo mundo tentar aproveitar qualquer abertura para passar a mão nas coxas e nas nádegas da gente, se fazendo de desentendido, olhando para outro lado, com cara de pomba pasma. Indecentes. A gente tenta se safar e empurra para o outro lado. Só que aí já tem outro porco, com a mão no bolso, se roçando na gente. Que nojo! Mas aquele lá passou dos limites: dois dias seguidos nos encontramos lado a lado. Eu não queria fazer escândalo, porque não gosto dessas coisas, e ainda são bem capazes de rir da gente. Caso voltasse a encontrar com ele, levei um canivetinho, bem afiado, isso sim. Era só para cutucar. Mas entrou como se fosse banha, pura banha de porco. Não era ele, mas merecia do mesmo jeito.

Tinha o pescoço tão comprido!

Chegou, deu uma olhada, ganhou. Não é certo fazer as coisas assim, tão depressa. Não, senhor, não foi com o ás de espadas, foi com o sete do mesmo naipe para não perder — pelo menos — a tradição.

Sim, senhor juiz: não estou tentando me justificar, só contar como foi, explicar o caso. Sonhei que meu sócio me enganava. Foi tão claro, tão evidente, que, mesmo depois que acordei e vi que era só uma imagem da modorra, tive que degolá-lo. Eu não podia desfazer a sociedade sem um motivo válido, e era insuportável encontrar com ele todo dia carregando a sombra daquele sonho que me tirava o sono.

Como eu podia permitir que ele se deitasse com uma mulher que tinha o coração transplantado da María?

Teimou que eu não tinha comprado aquele volume III na sua livraria: e faltava da página 161 à 177!
— É verdade, falta um caderno.
Belo caderno o que enfiei nele.

Aquele maldito cachorrão amarelo, toda vez que eu passava na frente do portão, vinha farejar os meus fundilhos de um jeito vergonhoso, como se cheirasse o pior — ou o melhor —, enterrando seu focinho úmido no meu ás de copas, e eu sentindo no meu centro seu nariz quente e pegajoso, empurrando, não me deixando caminhar, fazendo com que eu tropeçasse; ridículo.

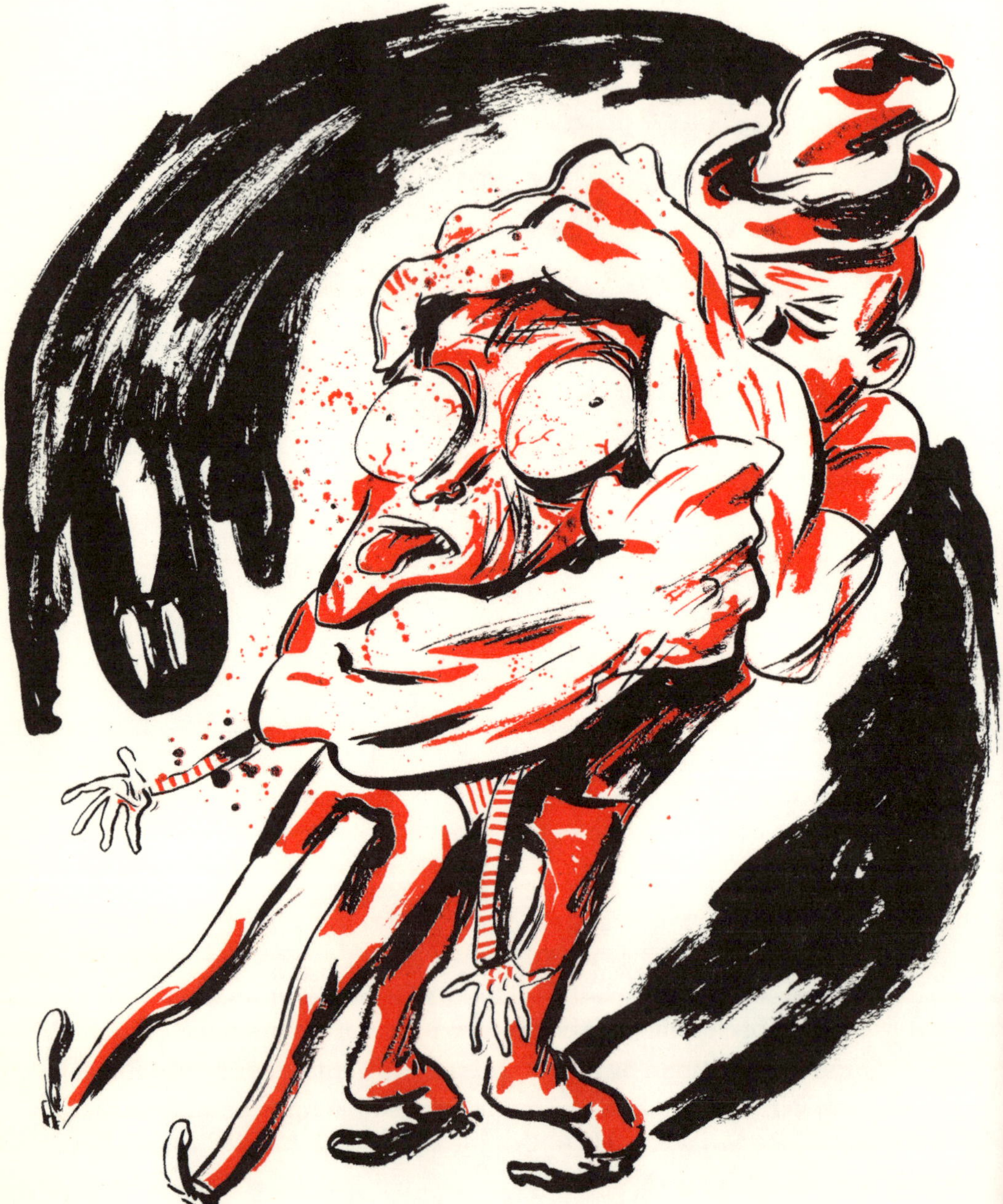

Eu não tinha como não passar por lá. Não tinha outro caminho, a menos que desse uma volta imensa. E ele não falhava. Eu também não, no dia que resolvi partir a cabeça dele com uma barra de ferro, que, de longe, parecia uma bengala.

Aí apareceu o dono do animal e ficou na frente. Merece perdão.

―

Eu o matei porque minha mãe pediu.

―

Subir num monte de cadáveres para ver o campo através de uma bombardeira, esperar com cuidado, olhar com atenção para descobrir o inimigo; disparar bem protegido, sem errar o alvo, sentir o coice no ombro direito, o golpe que arma o cavaleiro. Acabar de uma vez com aqueles que nos incomodam para não voltar a encontrá-los amanhã atrapalhando a passagem. Ou por acaso meus inimigos não são inimigos de Deus?

―

Esta corrente de ar, como matá-la? As janelas estão fechadas, a porta, trancada. E, no entanto, o ar corre, se arrasta e espia. Vem me envolver. Penetra nos ossos e me gela inteiro. De onde, para onde? Matá-la. Como se fosse o pavio de uma vela e deixá-la retorcida, negra, no chão, como uma serpente morta, esmagada a cabeça com o sangue frio numa pequena poça, imunda e viscosa. Um sopro que matasse esse sopro frio que me atravessa as costas, hálito de fora, do mundo que me ouve, esse frio fabricado contra mim. Esse vento: assassiná-lo. Soprar, e que fique sem sopro. É muito bem dito: matar a vela! Mas essa corrente de ar, como matá-la, ela que está me matando?

DOIS CRIMES BARROCOS

Olhe, é melhor o senhor não contrariar as minhas ideias. Não tolero isso. Aceito as suas: para o senhor. Fique com elas, mastigue, digira, ponha fora, se isso lhe dá prazer. Em geral, os homens, faz coisa de dois séculos e pouco, pensam que são o melhor da humanidade. O *non plus ultra*. Ok. Eles que pensem. Eu estou convencido do contrário, de que somos uns filhos da puta pelo simples fato de sermos homens. Faz muito tempo está provado que o homem conseguiu domar a natureza à força de maldade, ingratidão, instintos assassinos, pauladas, pedradas, facadas, tiros, hipocrisia, assassinatos covardes, imposição da escravidão. Qualquer homem, pelo simples fato de ser homem, é um filho da puta. Não discuto que outros pensem diferente. Para mim, o maior dos imbecis — só podia ser suíço — foi Jean-Jacques Rousseau. Com essas ideias, por que eu não seria uma boa pessoa? O fato de eu ter matado seu Jesus não tem nada de especial: ele não devia um centavo a ninguém.

Penso, logo existo, disse o homem famoso. As árvores do meu jardim existem, mas duvido que pensem, o que prova que o senhor René não estava no seu perfeito juízo e que o mesmo acontece com outros seres. Meu sogro, por exemplo: existe e não pensa, ou o meu editor, que pensa e não existe. E, virando a frase, do avesso, também não é verdadeira. Não existo porque penso, nem penso porque existo.

Pensar é um fato, existir é um mito. Eu não existo, sobrevivo; viver — viver de verdade —, só quem não pensa. Quem se põe a pensar não vive. A injustiça é evidente demais. Bastaria pensar para se suicidar. Não, senhor Descartes: vivo, logo não penso;

se pensasse, não viveria. Daria até para fazer um belo soneto: *Penso, logo não vivo; se vivesse, não pensaria, senhor...* etc. etc. Se para viver fosse preciso pensar, estaríamos bem arrumados. Mas, enfim, se estão convencidos de que é assim, sou inocente, totalmente inocente, já que não penso *nem quero pensar*. Logo, se não penso, não existo, e, se não existo, como poderia ser responsável por essa morte?

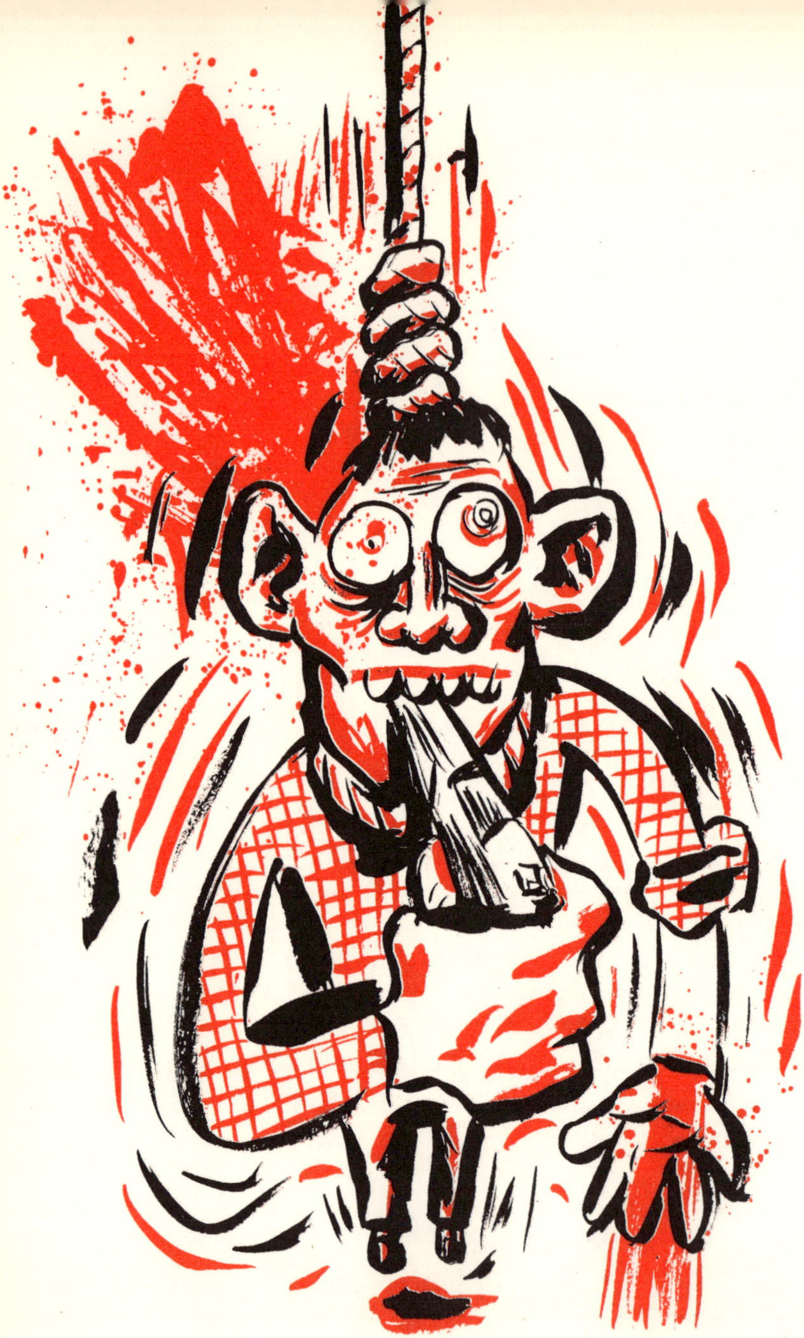

DE SUICÍDIOS

"Não culpem ninguém pela minha morte. Se me suicido é porque, se não fizer isso, sem dúvida com o tempo te *esqueceria*. E isso eu não quero."

———

A. R. se suicidou porque C. falou mal dele.

———

"Não culpem ninguém pela minha morte." Mentira, a pessoa sempre se suicida por culpa de alguém. "Ninguém" é sempre alguém.

———

— Quem é "ninguém"? — clamava o delegado.

———

— Há mais crimes do que suicídios?
— Não sei.
— No teatro, há mais crimes do que suicídios?
— Antigamente, sim. À medida que a humanidade envelhece, assassina-se menos e suicida-se mais.
— Então a humanidade já envelheceu várias vezes. O suicídio é paralelo à decadência das civilizações.
— Estamos falando de relações individuais — explicaram ao arcebispo, que se aproximava. — As pessoas se suicidam pelas mesmas razões que assassinam.
— Não é verdade — disse o arcebispo —, sei alguma coisa sobre o assunto.

Suicidar-se a seco.

———

Suicida-se cada um por tudo.

———

Quem já não se suicidou?

———

— Dormir é suicidar-se um pouco a cada noite.
— O senhor é solteiro?
— Como sabe?

———

Suicidou-se porque conseguia fazer do jeito que queria.

———

Com tantos "Crimes célebres", em capa dura e traduzidos para todas as línguas, ninguém ainda se atreveu a publicar alguns volumes de "Suicídios célebres".

———

Suicida-se quem perde, por ganhar. Sentido exato de *ganhar de mão*.

———

A gente se suicida por qualquer coisa.

———

O suicida sempre está acuado.

———

Ninguém se suicida por engano nem por ignorância. Morrer é outra coisa, por mais que, às vezes, pareça um suicídio.

───

— O suicídio é um ponto de partida.
— Você não tem misericórdia.
— Pelo menos, não no sentido de *tiro de misericórdia*.

───

— Vamos ver se os freios estão bons!
E se jogou embaixo do carro.

───

Quem diz:
— Dá vontade de a gente se matar.
— Dá vontade de sumir.
— Dá vontade de morrer,
nunca se suicida.

───

A gente trabalha até morrer.

───

Em todo suicídio há um assassino que nunca é o suicida. Outro *outro*.

───

"Quando a vi, não gostei. Portanto: até mais ver! (Se não entendem, lamento)."

───

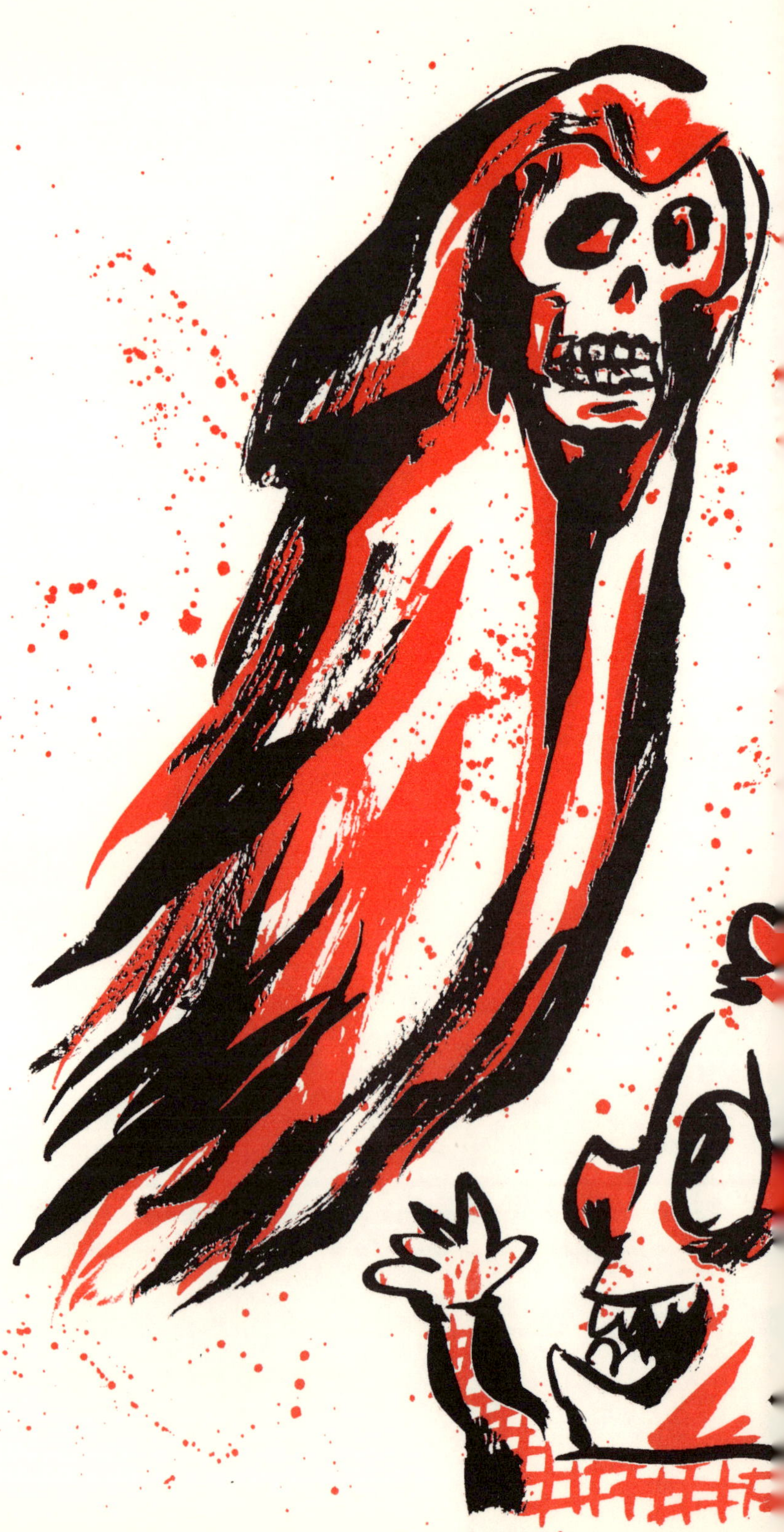

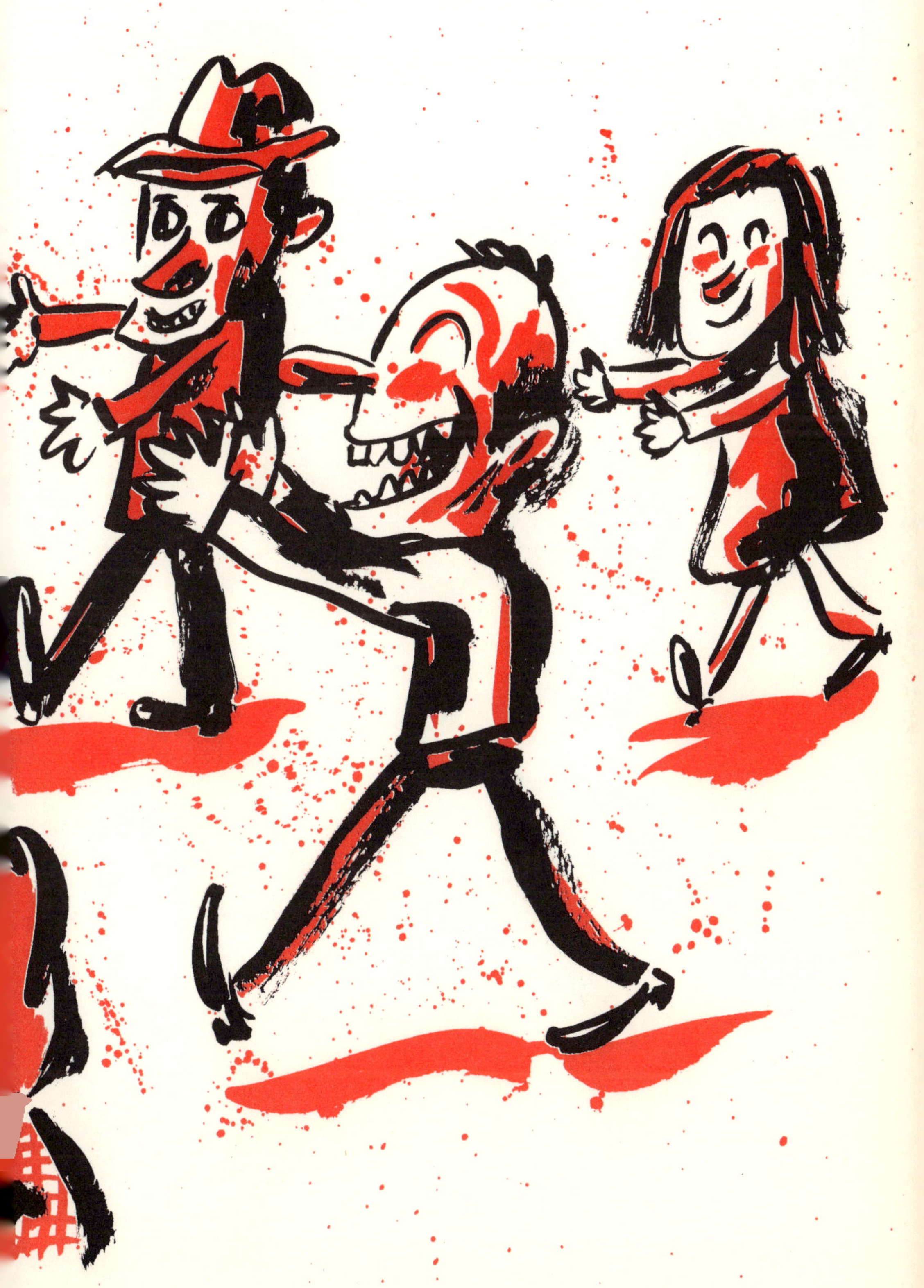

"Se eu pude dar vida, posso tirar a minha. A avó deles que os sustente."

―――

"Eu não devia ter nascido. Ou os pais são infalíveis? Ou cada casamento é uma imagem de Deus? Me fizeram nascer num tempo que me dá nojo. Passem bem todos vocês. Eu, sem dúvida, passarei melhor."

―――

"E agora?"

―――

"Vou ver o que acontece."

―――

"Não tenho nenhuma razão para fazer isso, nem para não fazer."

―――

"Não posso dormir sem você."

―――

De Balbino López D., comerciante:
"Mato-me, senhores, porque dois e dois são quatro."

―――

"Vamos ver se vocês adivinham. Se não, tudo bem."

"Eu me suicido pelo prazer de fazer isso."

―

"Eu me suicido só para ver a cara da Lupe, da mãe dela e do leiteiro."

―

"Não procurem a mulher. Justamente porque não há nenhuma. *Corto o fio da minha vida;* com tesoura, para ser mais exato."

―

"Que Deus leve isso em conta."

―

Ninguém vai saber quem foi.

―

"Eu me suicido de inveja do Rafael. Não explico porque não vão entender. É uma raiz velha, que cresceu por toda a vida, que me dói da planta dos pés à raiz dos cabelos. E, se pensam que estou fazendo isso de brincadeira, acreditem."

―

Não quero seguir em frente, nunca vou conseguir chegar aonde meu avô chegou.
Deus não me chamou por este caminho.

―

Para que viver sem comer aspargos?

―

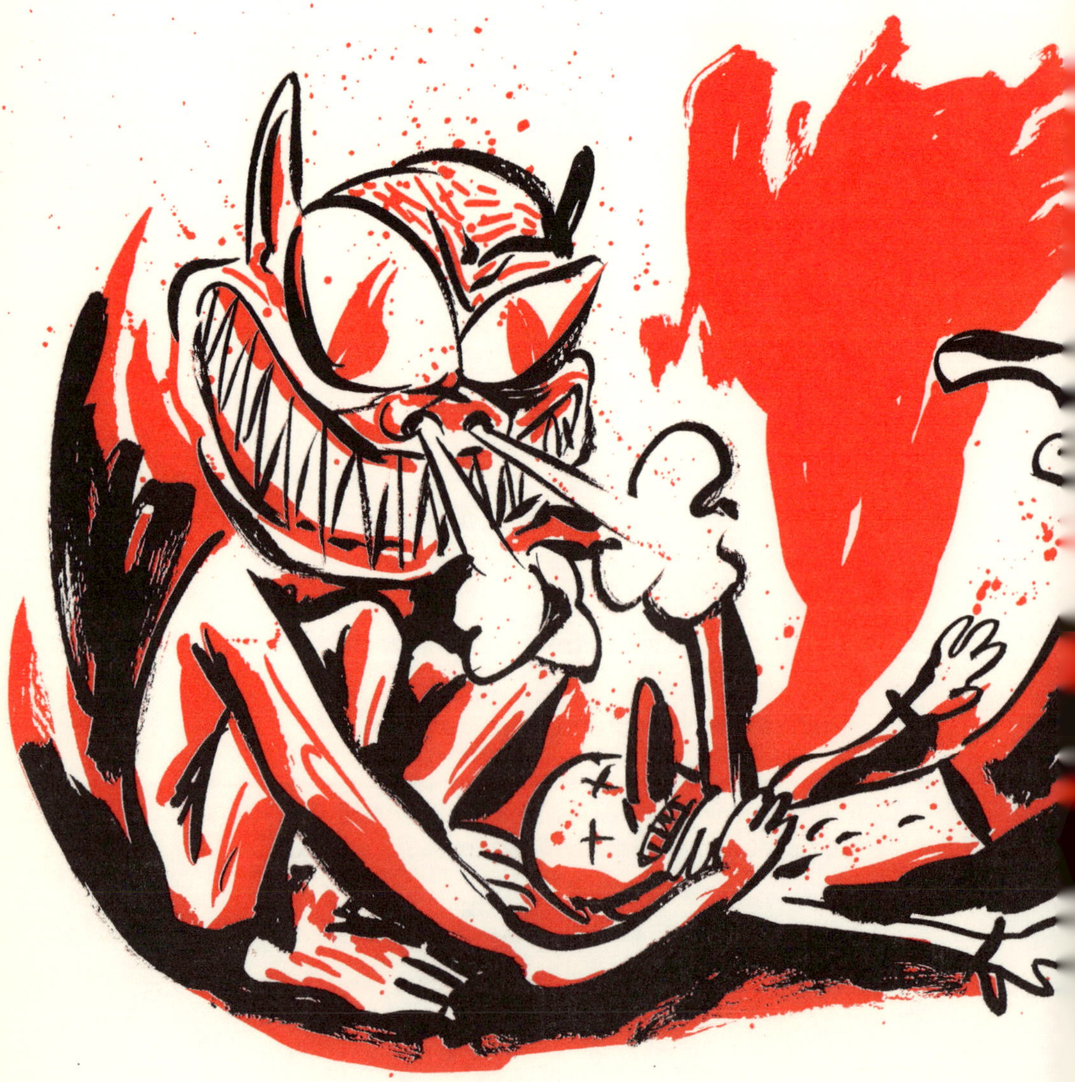

"A corda não arrebenta do lado mais fraco. Façam o teste."
Já não sirvo para nada.

Costumam chamá-lo sono eterno. Como sofro de uma insônia terrível, vou tentar.

Depois de tudo, nada.
Mandou-me para o inferno; lá vou eu.

Engato a ré.

Eu me suicido para que falem de mim.

Adivinhem, jovens, já que são tão espertos!

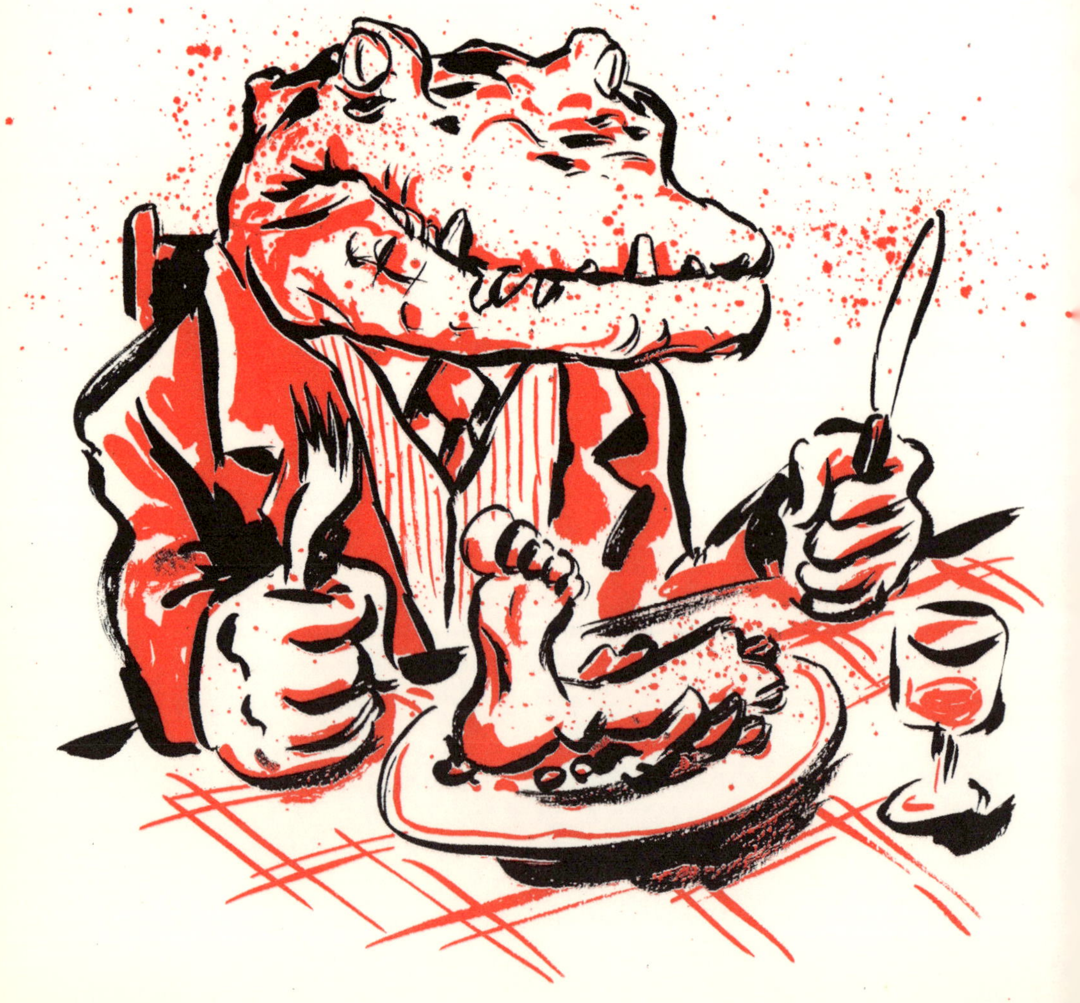

DE GASTRONOMIA

Não há nada melhor do que comer o olho do inimigo. Rebenta entre os dentes feito uva graúda, com gostinho de mar.

As nádegas são melhores ao tato que ao paladar, são mais duras de mastigar que de apalpar.

Gostava tanto dela que não deixou nada. Chupou até os ossos. Tinha sido mesmo muito bonita.

Juan Fábregas Monleón, fabricante de camisetas, odiava ferozmente Manuel Santacruz Ridaura, fabricante do mesmo ramo. Foi ao Congo e voltou a Barcelona trazendo dois antropófagos. Assim, Manuel Santacruz Ridaura desapareceu por completo.
Juan Fábregas Monleón guardou, até o dia de sua morte repentina, num canto do seu escritório, numa vitrine, pendurado, completo, o esqueleto de Manuel Santacruz Ridaura; fazia-lhe muita companhia.

— Eu comeria seu fígado — disse Vicente.
Não conseguiu: era amargo demais.

A formiga odiava aquele leão. Demorou dez mil anos, mas ela o comeu inteiro, aos poucos, sem que ele notasse.

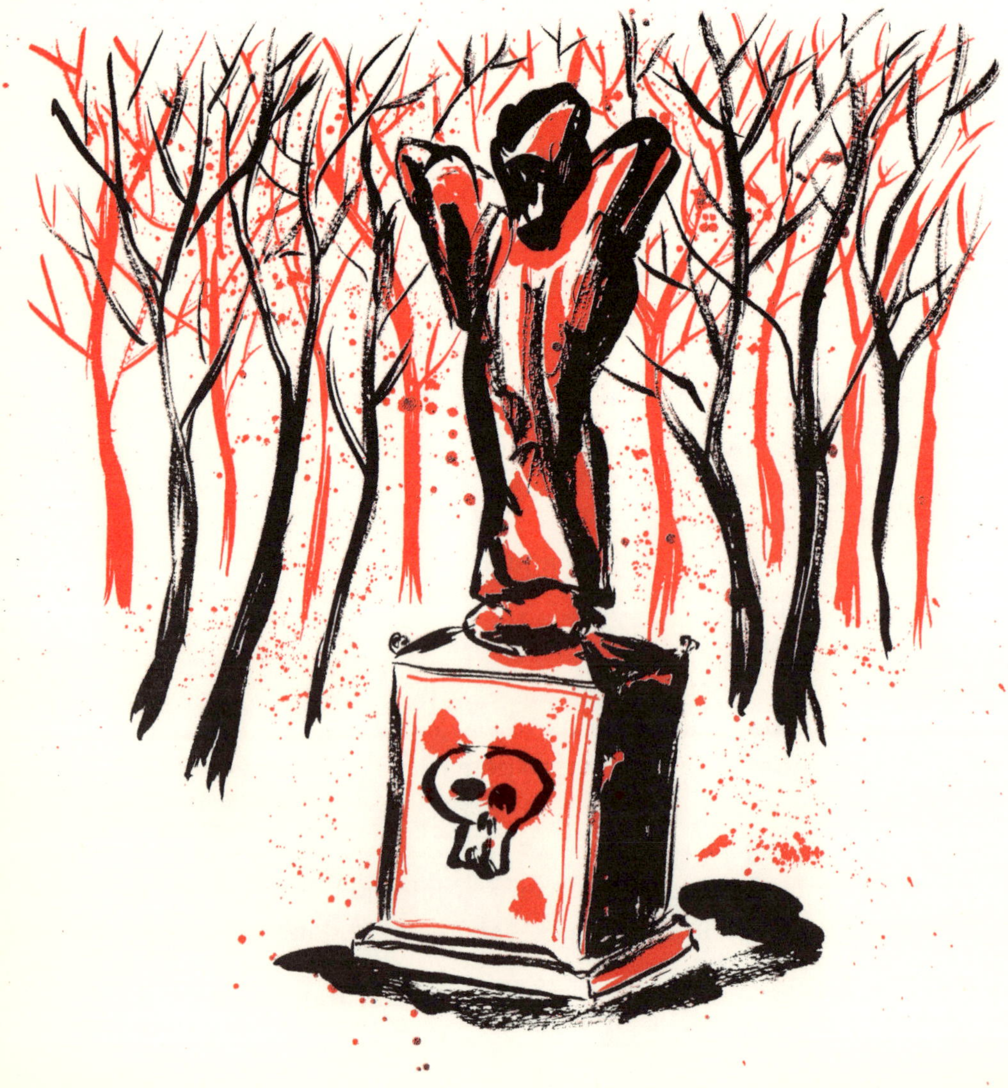

EPITÁFIOS

Do bom:
Nem percebeu.

———

Do bobo:
Não teve inimigos.

———

Do tolo:
Nunca variou.

———

Do sociólogo:
Estava errado.

———

Do enxerido:
Metia-se em tudo.
Aqui está metido.

———

De um certo filósofo:
Deu o que é de todos
e lhe agradeceram como se fosse dele.

———

De um tirano:
Fez das suas
com o teu.

De um orador:
Para ele, a morte não conta:
Bandalho, continua sendo o que era.

De um artista:
Se foi, já não é.
Se salvou o nome,
tanto faz o que
aqui é: foi.

De um maricas:
Deu o que não tinha.

De um puxa-saco:
De tanto servir, já não serve.

Epitáfios

De Don Juan:
Matou quem ele quis.

Do ortodoxo:
Não abriu o bico.

De um resignado:
Sempre por baixo,
não foi pego de surpresa.

De Alexandre Dumas (filho):
Aqui vive o filho
de Marguerite Gautier.

De Nijinski:
Dançou bonito.

De um imbecil:
A tudo disse que sim.

De uma viúva:
Vai esperando, Juan.

De um alto funcionário público:
Hoje não despacha.

De um jogador:
Sempre se perde por aproximação.

Meu:
Não pôde mais.

Contraepitáfio:
Tudo ou nada.
Fica por aqui.

*

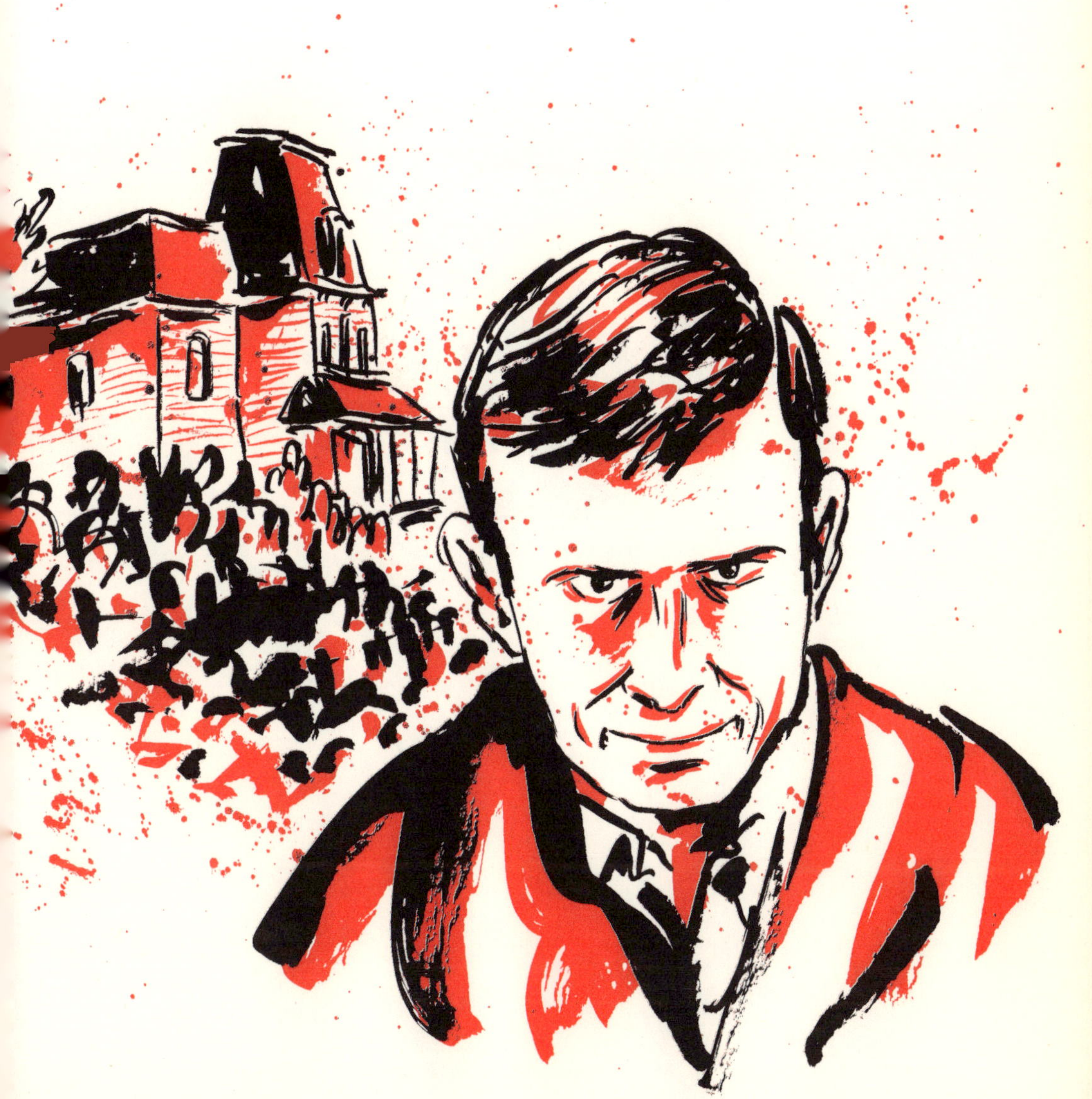

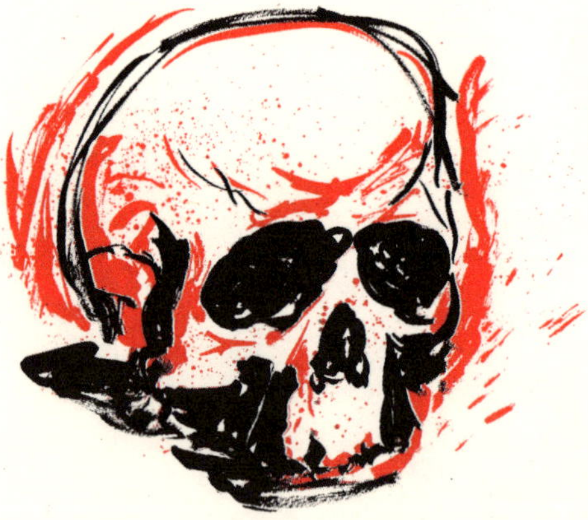

Título original: *Crímenes ejemplares*

© 1957, dos textos: Max Aub e Herdeiros de Max Aub
© 2015, das ilustrações: Ricardo Liniers Siri
© 2015, Libros del Zorro Rojo, Barcelona – Buenos Aires
www.librosdelzorrorojo.com
©2015, desta edição: Livros da Raposa Vermelha,
São Paulo - Brasil
www.livrosdaraposavermelha.com.br

Tradução: Sérgio Molina

Projeto editorial: Livros da Raposa Vermelha
Direção: Fernando Diego García / Sebastián García Schnetzer

Acompanhamento editorial: Cecilia Bassarani
Preparação de textos: Solange Martins
Revisões gráficas: Marisa Rosa Teixeira e Ana Maria Barbosa
Paginação: Mariano Betoldi

Dados Internacionais de Catalogação na Publicação (CIP)
(Câmara Brasileira do Livro, SP, Brasil)

Aub, Max, 1903-1972.
Crimes exemplares / Max Aub ;
tradução de Sérgio Molina ; ilustrações Liniers.
São Paulo : Livros da Raposa Vermelha, 2015.

Título original: Crímenes ejemplares.
ISBN 978-85-66594-32-4

1. Aub, Max, 1903-1972. 2. Literatura espanhola
I. Liniers. II. Título.

15-10246   CDD-867

ISBN: 978-85-66594-32-4

Primeira edição: novembro de 2015

Todos os direitos reservados.
A reprodução não autorizada desta publicação, no todo
ou em parte, constitui violação de direitos autorais.
(Lei 9.610/98)